新潮文庫

孤独の意味も、女であることの味わいも

三浦瑠麗著

新潮社版

11701

孤独の意味も、女であることの味わいも　目次

孤独の意味も、女であることの味わいも

I

転機

私は仕事を辞めたいと言った。夫はそのときキッチンでココアを作っていて、アルミの行平で温めたミルクをコップに注いでいるところだった。いつも換気扇を付けない人だから、耳に入ったはずだ。

私は一歳の娘を卵のような形のｂｌｏｏｍの椅子《いす》に座らせて片手でつついてあやしながら、もう一度、ねぇ、辞めようかなと言った。彼女は歩き出したばかりだった。夫はダイニングに戻ってきて、私の前に一つ、自分の前に一つ、コップを置いた。

それで、どうするつもりなの。彼は淡々と訊《き》いた。何か展望でもあるの。

私は過労ですっかり歳《とし》を取ったように感じていた。ほぼ寝たきりの生活で、若い頃に陸上部で鍛えた足の筋肉はあらかたなくなってしまっていた。必要以上の動きはしない、というのが残された体力で育児をしながら仕事をするうえでの心得だった。産後に髪がどさっと抜けておでこが広くなってしまった頭を、私はこの頃いつも後ろで一つにひっつめていた。もういいや、という考えが頭をかすめるようになっていた。

書架を張り巡らしたリビングを見渡した。今、家にある本だって読めていないものがずいぶんある。好きなだけ本を読んで暮らすことだってできるはずだし、やりたいことだってある。例えば、自分の子どものために、絵本を書いてみたかった。もう少ししたらお話が分かるようになる年頃だ。二重になったスライド式の重たい本棚の一つのセクションには、私の世に出たばかりの処女作が一〇冊ほど、黒文字と赤色の背表紙を見せてずらっと並んでいた。

初めて本が出たときは嬉《うれ》しくて、発売日当日に丸の内の丸善まで見に行った。iPhoneで、娘をエルゴベビーの抱っこ紐《ひも》に入れた夫と書棚を写した。本を指さしてこちらを向いた夫は、まるで自分のことのように嬉しそうな顔をしていた。

展望なんかないけど、このままここにいたって展望が開けるわけでもないじゃない。私はココアをすすりながら答える。こういうときに、彼が雲を摑《つか》むような話を嫌がるのは分かっていた。あなたはきっと後悔するから、と彼は短く言って、本に目を落とした。

その淡々とした態度が腹立たしくて、こんなに頑張っているのに！と私は言った。初めてだったかもしれない。疲れた、でもなく、辞めたい、でもなく、もう無理、と言ったのは。

育児をまるで手伝う余裕がなかった夫に、どんなに大変かを訴えはじめたら、止まらなくなった。

辞めようかな、と言ったのは実は正確ではなくて、私は自分の職場である大学で、任期付きの仕事の更新のめどが立たないことを予想していたのだ。大学は有期雇用の人をたくさん抱えている。更新が行われないなどということはしょっちゅうあることだった。健康保険が切れていることを四月になって知るのは嫌だった。保険を掛けるために、奨励金が出る研究員制度に申請を出していたけれども、通るかどうかは分からなかった。

私が追い詰められていることを周りは知らなかった。誰かの奥さんであることは、それだけで体面を保てるものなのだから、という雰囲気が大学界隈《かいわい》にはありありと感じられた。私が欲しかったのは体面ではなく、平等な扱いだったのだけれど。

彼は黙って私の話を聞いていた。しばらくして真面目《まじめ》な顔で、仕事を変えるよと言った。いずれにしたってそろそろこっちも潮時だから。子どもに関われない生活も嫌だし。ちょっとだけ待って。

実際に、私たちはしばらくしたのち、子どもが二歳の頃に相次いで仕事を変えた。私は大学のプロジェクト雇用の職場を辞め、研究をしながら奨励金を受け取るだけの研究員になった。学生に戻ったような立場だったが、もう深夜に研究しなくても、一年単位の不安定な職場にしがみつかなくてもよかった。

自分は組織に仕えることが難しい人間なのだと分かったのは、二年もしないうちだった。その代わり、というのも何だが、肩書はとくにいらなかった。同業者の男性陣が国際会議で飛び回って、空港のラウンジでビールやワイングラスの写真をSNSにあげているのを見ても、私は彼らが羨《うらや》ましいと露ほども思わなかった。お行儀良くして肩の凝る会食に連なるなんてまっぴらごめんだったから。

むしろ子どもといる時間、考える時間、そして自由が欲しかった。文章が書ければよかったのだ。そのときの私の希望は、単著を出したあとすぐに手紙をくれた新潮社の人だった。彼はその後ずっとずっと六年間も、私が書けるまで待っていてくれた。

私たちは生活を根本から見直すことにした。ようやく本格的な仕事ができるようになった三〇代のはじめにそんなことをする人は、なかなかいないかもしれない。けれども、本能がそうしろと告げていた。私たちにとって、子どもは単に一粒種だというだけではなくて、人生のすべてをかけて望んでいた存在だったから。

夫の退職金を頭金に、田舎にちいさな家を建てた。落ち葉が腐葉土になって積もっていく、でこぼこの砂利道をどん詰まりまで行った崖《がけ》っぷちのわが家は、敷地に入ってしまえば他の家屋がまるで見えないところだった。猪《いのしし》の群れが敷地を駆け抜けていくこともあったし、紅葉の古木には色とりどりの野鳥がさえずって朝の目覚めを助けてくれた。

私には、静かな生活が戻ってきた。娘は一緒に水仙の球根を植えられるくらい大きくなっていた。彼女は色がごちゃ混ぜのフリースや長ズボン、ミトンを賑《にぎ》やかにまとって、苗にかぶせるふわふわした腐葉土に喜んで触った。わずかに湿って確かな感触を手にもたらす土を、彼女は握っては離し、握っては離した。自然に触れたいという彼女の欲望は、私の欲望そのものだった。

職場を去る三カ月前の、二〇一四年の正月のことだった。宮沢賢治の『注文の多い料理店』からとって「山猫日記」と名付けたブログを始めた。書きはじめたら、筆はまるで止まらなかった。

私は、途中から奨励金も返上して、ひとり立ちした。そうこうして発信者、という場所に辿《たど》りついたとき、自分にそれがしっくりくるのを感じた。

これまで、自由でありたいという思いは、私を世間からどんどん切り離す作用を持っていたのだが、おかしなことに、今度は、孤独が逆に仕事を連れてきた。

2　子育ての日々

娘はどんどん、どんどん大きくなる。おっぱいをたくさん飲み、一日五〇グラム以上のペースで成長する。一日ずつ、自分の手が自分自身のものだということを発見したり、キックが強くなったり、親指しゃぶりを始めたり、ゆりかごの上のメリーを触ろうとしはじめたり。この子の中で流れている時間は、私たちよりよほど速いか、それともよほどゆっくりとしたものなのか。

夏の強い日差しを避けて夕方にベビーカーで散歩すると、風が気持ちよいのか目を細めたり、すぐに眠ってしまう。いかにも満足そうな顔をして、うーんと伸びをする。

眺めても眺めても、あきなかった。匂《にお》いを嗅《か》ぐだけで、あの子に寄り添うだけで、満たされた。節ごとにぷっくりと膨らんだやわらかな肌。ぽやぽやとしたおでこの生え際《ぎわ》の、甘いミルクのような匂い。そっと持ち上げて枕《まくら》の上に載せると、彼女のちいさな身体《からだ》がその分だけの静かなくぼみを作った。このちいさな赤ちゃんを肥えさせて、背中が痒《かゆ》かったり眠かったりするそのちいさな思いを汲《く》みとってやることが、私の日々の主な仕事になった。

そんな光に溢《あふ》れたような日々の中で、しかし、お産からしばらくのあいだ私は睡眠不足と疲労とで廃人のようだった。誰にも助けてもらえなかったからだ。仕事で疲れている夫が安眠できるように、夜中に娘が泣き出すと私は授乳したあとにベビーベッドの傍の床で寝転がったまま目を閉じた。

働き出したばかりの非正規雇用の私に育休はなかったから、仕事はひと月もすればやってきた。昼は授乳しながら片手でパソコンのキーボードを叩《たた》いて、自宅で仕事をした。髪はめったに洗えず、毎日が三時間睡眠だった。髪は触るたびに、摑《つか》めるほど抜けていった。哺乳瓶《ほにゅうびん》を拒否した娘は、どうしても二時間おきにはお腹《なか》が空《す》く。授乳しながら気が遠くなるように寝入ってしまうこともあった。

けれども、私の目の中には娘しかいなかった。誰の助けもないあの最初の半年に耐えられたのは、まず無事に生まれてくれたことへの感謝があったからだ。早産が危ぶまれたこの子がただ息をしているだけで、元気に泣きわめくだけで嬉《うれ》しかった。あの頃の私にのしかかっていたのは、耐え切れなくても当然、というくらいの負荷だった。忍耐を可能にする母親のホルモンの作用に加えて、私はさらに限界まで無理をしていた。どうしても子どもが欲しかったから。

とにかく、あの子が傍にいればよかった。一度だけ一時託児所に預けたとき、身体の一部がなくなったようで不安で仕方なくて、ようやく保育士さんの手から抱き取ったときに思わず匂いを嗅いで抱きしめた。娘と一緒になると心から満たされた。

半年が過ぎると、私はどこへでも娘を背負って連れて行った。イスラエルの死海のほとりにも、ボストンの街中にも。おぶい紐《ひも》に入っているあいだのあの子は細々《こまごま》としたことに手がかかったけれども、私と密着さえしていればいつでも機嫌がよく満足してくれた。

一〇カ月になると、大学構内にある保育園に入ることができた。車の後部座席のベビーシートに娘を乗せて運転しながら、娘がむずかり出すと大声で歌を歌ってなだめる。

出勤して仕事をし、キャンパス内を歩いて授乳に立ち寄り、昼ご飯を食べながら仕事をし、授乳に行き、仕事をし、お迎えに行き、研究室で授乳し、おむつを替えて机や床におもちゃのついたマットを敷いて遊ばせながら残業し、買い物をし、帰宅し、授乳し、お風呂《ふろ》に入れ、寝かせ、起き出して仕事をする。この繰り返しだった。土曜日は保育園に栄養士さんがいないので、お弁当を作って子どもを預け、研究室へ行って今度は自分のためだけの研究をした。

家から徒歩五分のところにある便利な二四時間スーパーに買い出しに行くたび、抱っこ紐の中で娘はすやすやと寝たり、起きているときは声を出して甘えたりした。両手に持てる量は限られているのに、何度も往復できない私は歯を食いしばって大量の荷物を持って歩いた。住宅街で夜に赤ちゃんを連れて歩いていると、よく人がこちらを怪訝《けげん》そうに見ることがあった。

ビニール袋の取っ手が破れそうに細くなって掌《てのひら》に食い込み、何キロもある娘の身体が私の重心を下げた。私は道すがら歩数を数えるようになった。踵《かかと》が舗道にめり込み、歩幅を刻んでいく。次の電柱まで、次の街灯まであと少し。一方通行の狭い道路に面した家々からは夕飯の匂いが漂い、だんらんの気配をさせている。

ごめんね、と私はなぜか声に出して娘に言った。こんな生活でごめんね。娘はくうくうと喜んで私の頰をぴしゃぴしゃと叩いた。もう一度、ごめんね、と言うと彼女はもっと声を出してはしゃいだ。ごめんね、ぴしゃ、ごめんね、ぴしゃ、ごめんね、ぴしゃ。帰り道、私は視界がぼやけるのを感じながら、手で拭《ぬぐ》うこともできずに歩いていたのだった。

悲しかったのではない、働いていることを後悔しているのでもない、でもひとりぼっちで育児をしながら、私は娘にひとり言を言うようになった。私はとても幸福で、とてもさみしかったのだ。


なぜ、誰にも助けを求めなかったのだろうか。なぜ、あそこまで完璧《かんぺき》に離乳食を作らなければいけなかったのだろうか。なぜ、仕事をもっとサボれなかったのだろうか。帰りついてダイニングのカーペットの上に頽《くずお》れ、お願い、少しだけ待って、と言いながら一〇分間ただ呼吸をしていたとき、なぜ生活を変えようと思わなかったのか。

たぶん、私が八方美人だったからだ。夫に育休を取ってもらうことは無理そうだった。彼も生き馬の目を抜く業界で競争に晒《さら》されている身。命がかかっていないのに、わがままを言うことはできない、と私は思った。所詮《しょせん》、非正規雇用にすぎない私の仕事なんか大したことないんだから、と。

けれども、黙っているあいだに察してくれという思いは伝わらなかった。育児を一手に担《にな》わない人は、実際にやってみない限りそれがどれだけ大変なことなのかを理解できない。しかも、オフィス以外でも自分の研究をしなければならない私は、赤ちゃんが寝ているときにも休息はなかった。

自分に寄り添ってくれ、と思いながら黙っている時間が、私たち夫婦のあいだの溝となった。

3　はじめの孤独

初めて孤独だな、と感じたのは小学校二年生に上がったときのことだ。海辺が近い茅ヶ崎《ちさき》の浜須賀《はますか》小学校を離れて、平塚の伊勢原《いせはら》寄りの山側の田園地帯に引っ越した。引っ越したのはぼろぼろの借家を取り壊して開発したい大家に追い出されたからで、まだ大学の助手だった父は意外と堅実にためていたお金を頭金にちいさな土地を買って、家を建てたのだった。

近隣一帯は、地元の農家の持っていた田んぼを転用して作られた住宅街である。家を作っていた頃は、大工さんの仕事ぶりを見るのも、家が広くなるのも嬉《うれ》しくて、庭が猫の額のように狭くなることには思い至らなかった。ブロック塀で固めた土盛りの基礎を階段で上がってしまえば、家は単なる四角い箱だった。畑のない庭では遊ぶこともほとんどなく、もう土や虫を触るのも嫌になった。

新しい小学校に通う登校班で、近隣の子どもたちと連れ立って出かけていったとき、七歳の私は視界の広さに目を丸くした。小学校がはるか彼方《かなた》にはっきりと見えるのに、見渡す限り田んぼの中の通学路は、歩けども歩けども目的地に行き着かないように感じた。

上に二人の兄姉がいて、それまでお友達がいる生活に慣れていた私は、物心ついたときからどこか受動的だったのかもしれない。茅ヶ崎では幼稚園からの持ち上がりでみんな同じ小学校に上がったから、友達ができないなんてことがあるということを知らなかった。

しかし、初日に私は違いを思い知った。休み時間の過ごし方が課題になった。鉄棒のところでぶらぶらとぶら下がったり、教室から窓の外を見ているふりをしたりした。カーディガンが汚れるのが嫌だったから、砂場にも築山《つきやま》にもいかなかった。

あの頃の記憶は鉄錆《てつさび》とコンクリートの臭《にお》いだ。校舎と遊具の、無愛想な臭い。身体《からだ》を隠すところが何もないだだっ広い校庭の上に照り付けるお日様が、じっくりと錆びた鉄を暖める臭いだ。残りの五年にわたる小学校を通して、私にはたいして友達ができることはなかった。

入れて、の一言を言うことがここまでエネルギーを必要とするとは思わなかった。もちろん遊びに入れてくれる子はいたのだが、私は相手に気を遣わなければならなかった。私といても、みんなは楽しそうではなかったから。入った瞬間に気まずい雰囲気があたりを支配し、子どもたちは本能的にそれを感じ取った。彼らはぎごちない笑い方をして、どうでもいい話に切り替えたりした。茅ヶ崎と平塚というほんのわずかの違いでも、私たちの言語は少し違った。その壁を乗り越える力が、当時の私にはなかったのだ。

眼鏡を作ったことがそれに拍車をかけた。三歳のときから私の視力は〇・一以下だった。矯正した視力で物が見えても、頭が痛くなったり、視線を合わせられなくなっていた。小学校の楽しみは、給食でまずいコッペパンではない何かもっとましなものが出るときか、あるいは図書室にこもっているときのひそやかな安心感だった。誰にも気づかれずに書架に背中を押し付けて身を隠し、本を読むときのあの感じ。

私は休日のたびに、次から次へと市立図書館で本を借りた。読書家の多いわが家でも、一人五冊までの貸し出し枠を毎回使い切る人は稀《まれ》だったから、私は好きなだけ本を借りることができた。父親はこういう送り迎えはまめにしてくれた。入って正面にある吹き抜けの大きなホールの向かって右手が児童書で、左の階段を上がると大人の本があった。私は弟と妹に絵本を選んでやると父親に預けて交替し、大人の本のセクションに入り浸った。

テレビでも見ていれば違ったのかもしれない、と思うことはある。友達の話していることは異言語のようで、まるで分からなかった。わが家はまったくテレビを見ない家で、禁止、というよりもテレビをつけて見るということが考えられない家だったからだ。私はしばらく、テレビというのはビデオの再生機だと思っていた。一年生のときに初めてその年の『独眼竜政宗《どくがんりゅうまさむね》』というNHKの大河ドラマを見せてもらった。大河ドラマとそれに続く一〇分程度の動物番組。わが家で見せてもらえたのはそれだけだった。その後、わが家は大河ドラマを見るのもやめた。

だから、ニュースもほとんど知らなかった。家と学校と図書館と、時たま祖母が来たときにだけ行く近くのファミリーレストラン以外に、知っているものがあるわけではなかった。平塚に越してからはスーパーにもほとんど行かなくなった。食材はというと、生活クラブ生協などからわが家に宅配でどさっと届き、共同購入している近隣住民のために母と一緒に仕分けするのがいつものことだった。

家には何冊もの分厚い百科事典が置いてあり、私はそれに没頭した。その一冊を適当に選び出して、ぱっと開けたページを読むことが私の娯楽になった。母の大切にしていたピアノを入れた一階の防音室の床に座り込んで、厚ぼったいカーテンを開けて光を入れ、百科事典の一枚一枚吸い付くようなページを丁寧にめくる。ぱらり、と紙の乾いた音がする以外に雑音はなく、とても静かだった。こんなひとりだけの部屋が欲しいな、と私は思った。

小学校高学年になると、子どもたちは少しずつ荒れはじめる。単なるのけものではない積極的ないじめがたびたび起こるようになった。いじめのはじめの言葉は、たいてい「ブリッ子」か「むかつく」か「汚い」だった。ちいさい頃のブリッ子認定の暴力性はすさまじいもので、ほとんど全人格が否定されるような威力があったものだ。

私は単に孤立している風変わりな子だったが、一つだけ覚えている事件がある。図書室で眼鏡を叩《たた》き落とされたときのことだ。ガシャンという音に、叩き落とした女の子の手が止まった。一瞬、とんでもないことをしてしまったかもしれない、という顔をした彼女は、気を張ってもう一度罵《ののし》った。

そのときの台詞《せりふ》は普通に「むかつくんだよ」だったような気がするけれども、私が呆然《ぼうぜん》と見返したとき、彼女の唇はわなわなと震えていた。そこにはかすかな怯《おび》えがあったと思う。

私はというと、叩かれてとても恥ずかしかったし、意外だったのだ。彼女は頬を紅潮させ、その場から逃げるように走り去った。彼女を追って出ていったもっと強い子どもたちは、よくやったというように廊下で彼女の肩に手をまわした。彼女はわっと泣いた。私は黙って床に落ちた眼鏡を拾ってつるを直した。

私も何度か、友達にすごく意地悪なことを言った記憶がある。でも、そんなときでさえ私は集団の流儀に馴染《なじ》んでいない気がしたものだ。何かのふりをしていなければいけない。分かったふりをしていなければならない。そこからなるべく早く抜け出たかった。

子どもがハブられるという事態に直面したとき、私の母はどうしてもプライドにこだわった。他人《ひと》とは違う、ということを私に強烈に教え込んだのは母だ。母は外見でもそれを私に課した。買ってもらえる洋服はどれも、協同組合で購入した大人物の無地Tシャツのようなものばかりであった。薄黄色と薄水色の綿の二枚組二セットをかわるがわる洗濯して着ていくのは、多感な高学年の女の子にはちょっと、つらい。服装は地味に、目立たないように、でも他人と同じにはならないように。母の躾《しつけ》はいくらか自衛の意味を込めたもので、気位を保つためのものでもあったろう。服に関してだけは、目立たないという意味では逆効果だったのだけれど。私みたいにすでに大人の体型をした子どもはいなかったから、大人用の服を着ると余計に浮いてしまった。

そうか、違うんだ。そう思うといろいろなことが腑《ふ》に落ちた。今から思えば、みんなとそれほど違わなかったのかもしれない。孤立した理由は、転校生となった偶然と、人から浮いてしまう個性という必然がない交ぜになったものだった。しかし、人とは違うんだという思い込みの効果はすごい。私はますます他者を遠ざけ、孤独に、ひとりになっていった。

たまたまはじき出され、自らをさらにはじき出す。そうした過程を通じて私は孤独に慣れていった。

周りから放っておかれることによる孤独は寂しいが、だんだん気にならなくなるものだ。それは人生で味わう孤独のうちのごく一部でしかない。家族と触れ合い、本を読み、裡《うち》に籠《こも》っている限りは大した問題を引き起こしはしない。それは最初の段階だからだ。ひとりでぽつんとしていること、それに私はまず慣れた。

4　子どもを産む

二〇一一年三月一一日、東日本大震災が起きたとき、妊娠二七週目の私は安静を命じられ自宅のソファで横たわっていた。可動式の本棚が大きく揺れ、それが止まると犬たちが毛布に飛び込んできた。私はとっさにお腹《なか》を庇《かば》った。まもなく夫が帰ってきて、彼の勤める東京のオフィスはしばらく稼働《かどう》しなくなると告げた。夫は朝と昼の食事を家で作ってくれた。晩には、人通りが少なくなって閑散とした日赤医療センター近くの商店街に、車いすを押してもらって食事をとりに行った。それくらいしか楽しみもなかったし、震災後の不安な時期を近所の商店主らと触れ合っていたかった。

当時、私は切迫早産のために絶対安静の生活に入っていた。二二週目を迎えた一月、産婦人科部長のM先生の検診に行ったとき、子宮頸管《けいかん》が展退していることが分かった。遠からずお産になってしまうと思われた。女の子でありますようにと願掛けにピンクのセーターを着てきた夫は、会計待ちのあいだ、待合室のソファで横たわる私の頭を深くうちのめされたまま抱えていた。お産は二二週未満は流産、三七週未満を早産、四二週未満を正期産と呼ぶ。二二週での出産一年以内の死亡率は七割超とも言われ、二三週でも六割以上と言われる。五％を切るのは三〇週を迎えてからだ。

車いすを導入した安静の効果もあって、しばらくは同じような状態が保たれ、M先生の悲観的な予想は裏切られることになる。だが震災後、やはり私の子宮頸管はどんどん短くなっていった。お腹の中の赤ちゃんは、もう少しで生まれてしまいそうなところを、なぜか奇跡のように待ってくれていた。

長い冬のあいだ、私はただ横になって天井を見つめていた。家で映画を見てもすぐに疲れ果て、飽きているはずのソファによじ登って身体《からだ》を横たえる。そんな日々が続いた。窓際《まどぎわ》のお花だけが生きているようだった。

私は籠《かご》の鳥だったから、大人しく窓の外を眺め、スズメが電信柱の箱に巣を作るのを見ていた。スズメたちはほんのちいさな穴から箱の中に入り込む。飛んだまま穴に入っていく芸当のような所作を、私は見守った。スズメはつーいと飛んできて、箱の手前で少し羽ばたいて空中に浮かび、頭から穴に入っていくのだ。

そうして体力がなくなってずいぶんと経《た》った。気づいたら桜花の季節が訪れていた。M先生は、頑張りましたね、と珍しく感想を言った。そして、あなたのお産の兆候に関する判断力を信用しているからそのまま自宅にいなさいと言った。

もう命だけは助けられる、と彼は静かに告げた。彼の透徹した眼差《まなざ》しと、いつも穏やかな口調で最悪の想定を告げる態度には、患者として救われることが多かった。私は何も高望みしない。とにかく生きた子どもをこの手に抱きたかったのだ。はい、と私は短く返事した。分かっている、と彼の目が言っていた。

日赤医療センターで女の子を出産したのは、深夜に陣痛を覚えて二時間後のことだった。彼女の誕生の瞬間は、連続的で、騒々しく、満ち足りて、またそのために記憶はぼんやりとしたものだ。安産で子を産むというのはこういうことなのか、と思わせるあの時の流れの早さと連続性、それは心を衝《つ》く一瞬の静止画ではなく、流れゆく色彩豊かな騒がしい時そのもの。

耐えがたいほどの激痛だったが、私の意識ははっきりしていた。とにかく無事に生まれるように、赤ちゃんに負担をかけないように合間は力を抜いてぐったりして。

約一時間の激闘の末に生まれた女の子は、元気なかわいい子だった。おぎゃあというよりも、ふぎゃふぎゃという声で私にすぐ取りついた。

胸に置かれた動く赤ん坊は初めてだった。ただただ、生まれたという安堵感《あんどかん》で私はぐったりとしていた。私はじっと自分の子どもを見た。赤ちゃんと言うだけあって、身体は真っ赤だった。耳に顔を寄せると赤ちゃん特有のいい匂《にお》いがして、私はふとお風呂《ふろ》に入れるのはいやだなぁと思った。匂いが取れませんように。ずっと私のところにいてくれますように。

生まれたその日の午後に目があいたとき、完全に真っ黒で捉《とら》えどころがないくらいの黒目が私を見返していた。

5 茅ケ崎の家

ちいさい頃に通っていた道はもう覚えていない。一度だけ、公園に家出したときに、松林を抜けるショートカットを選ばずに、道路へ出て行って角を曲がったその曲がり角しか覚えていない。どうして庭からそのまま松林をくぐり抜ける道を選ばずに、アスファルトの道路を走っていったのか。それはたぶん、その方が家を出る、と決めた覚悟を示していたからなんだろうと思う。悔しくて、悲しくて、母親に抗議の言葉をぶつけたかった。でも、私は黙って家出することを選んだのだった。

どこかで迎えに来てくれる気がして、でもそのときにどんな顔をして母に向かい合えばよいのか逡巡《しゅんじゅん》しているうちに日が傾いて公園の影が長くなった。私はとぼとぼと来た道を逆にたどった。帰ってきたとき、トタン葺《ぶ》きのちいさなわが家には温かい料理の匂《にお》いがしていて、明かりが灯《とも》っていた。母は、私が家出したことに気づいていなかった。

玄関の薄いベニヤを塗装したドアを開けて、すぐたたきに靴を脱ぐと、たしか左手に配管がむき出しの洗面所があって、右手に穴倉のようなちいさな父親の書斎があった。そこから廊下というほどの廊下もなく、すぐにDKに続いているのだった。ランプの傘の下、私は黙ってテーブルに座って、一さじ一さじスープを飲んだ。一さじ飲むごとに心がほどけていって、私はいい子になろうと決心をした。翌朝、そのDKに続いた一間《ひとま》で、私はみんなのお布団《ふとん》を畳み、すべて一山に積み上げてぬいぐるみを並べた。褒めてほしかった、というのが私のいじましさだったのだろう。

それからもたびたび、私は母に気づいてほしいときに決まってみんなのお布団を畳んだ。よいしょ、よいしょと重たい綿のつまった布団を持ち上げるたび、自分の心が綺麗《きれい》になるような気がして、額に汗を浮かべながら五歳の私は働いた。

他にまざまざと覚えているのは、母の笑顔だ。ある日、小学校から帰ってくると、茅ヶ崎の家の暗い短い廊下に母がステンレスの鍋《なべ》をいくつも並べて座っていた。嬉《うれ》しそうに一つ一つを撫《な》で、黒ずんだ床板にぺたんと足をそろえて正座して微笑《ほほえ》んでいた。ほら、見て頂戴《ちょうだい》、これでたくさんお料理ができるでしょ、るりちゃんの好きなもの作りましょうね。私は嬉しくて嬉しくて、母が笑っていることが嬉しくて、笑った。笑うともっと嬉しくなり、けたけたと声が出た。母は大学を出て続けざまに四人を産んだあとの三三歳。私はランドセルを脱ぎ捨て、弟のベビー椅子《いす》に駆け寄って、新しいお鍋だよ！と叫んできゃっきゃっと笑った。流行《はや》りのビタクラフトだった。

母が家出したこともあった。母は兄と姉の喧嘩《けんか》に堪忍《かんにん》がならなくなると、実家に家出した。黒電話のダイヤルを神妙な面持ちで回すのは決まって兄だった。ツーツツツツ、ツーツツツツ。祖母は三人で気をつけて歩いておいで、と言うのだった。そして、ママにごめんなさいをするんだよ、と。兄と姉に手を引かれて祖母の家につくと、彼女は鷹揚《おうよう》に出迎えてくれ、ソファに座っている母は子どものような顔をしていた。

私は喧嘩していないのになんで置いていかれるんだろう、と考えていた。

小学校二年に上がるときに平塚に引っ越してからは、母の家出は車になった。しかし、もう実家に徒歩で行けない以上は、助手席に乗せた私に向かって怒りをこぼしつつ、一五分ほども運転したのちに、ねぇ、帰ってあげようか、と言うのは決まって母の方だった。

お兄ちゃんもお姉ちゃんも反省してるもんね、きっと。ママがいないとだめだから。私はようやくほっとして、うん！と返事するのだった。

ママ頑張ってるね、よく我慢してるね。帰ってあげようよ。


幸せと言えばほんとうに幸せ、茅ヶ崎の頃の生活を振り返ると私はそう思う。庭で飼っているチャボに雑穀を撒《ま》き、生みたての温かい卵をそっと握って前掛けに入れて濡《ぬ》れ縁《えん》から気をつけて家に上がる。

パンも大方は自家製だった。冬のあいだ、炬燵《こたつ》にパン種を仕込むときにはそのちょっとすえたいい匂いが大好きで、表面が乾き始め、まだ膨らみかけたばかりのねっとりとした生地にこっそり指を潜り込ませてみたりした。

家にいるほとんどの時間は庭で過ごし、あるいは一間しかない畳の部屋で本を読んだ。庭で好きだったのは、肥料にした生ごみから出てきたかぼちゃの雌花のとげとげした花弁に触ったり、ダンゴムシをつついては丸めること。そうでないときは茣蓙《ござ》を敷き、ずっと泥団子を作っておままごとをした。

とりわけ、祖母の家に行くと楽しかった。ルノアールの模写がかかった居間で、分厚い絨毯《じゅうたん》のうえにムートンの毛皮を敷いて寝っ転がり、アール・ヌーヴォー風のランプが柔らかにあたりを照らす中で本を読む。毛皮の少しむっとした匂いが心地よかった。鼻をムートンに埋《うず》めてふんふんと匂いを嗅《か》いでは、麦茶を一口飲んだ。そして与一の弓の腕前をやんやと囃《はや》す時代がかった台詞《せりふ》を読みふけり、祖母の得意のタンシチューが出来上がるのを、あるいはもっと楽ないつもの出前が来るのを待つ。いかにも幸福そうな母は、忙しそうにしている祖母とのおしゃべりに夢中になっている。私はそれを聞き流しながら、満たされている。

祖父はいつもぶらぶらしていて、気が向くと孫たちを近所の文具屋に連れていき、一〇〇〇円分だけ買っていいよ、と上の三人の子どもたちに申し渡した。私たちはいつもなら絶対に買ってもらえないシールやらキャラクターの付いたノートを抱えて、凱旋《がいせん》する。母は困ったように実の父を詰《なじ》ったり、遠慮して礼を言ったりするのだけれど、おねだりをした子どもたちが母に叱《しか》られないように、祖父がうまくなだめてくれるのだった。

おぼろげな家の周りの記憶の中で、他に覚えているのは、初めて蜜《みつ》を吸ったツツジの生垣だ。あやのちゃんだったか、りえちゃんとともちゃんだったかと、競ってツツジの花を手折っては中にある蜜を吸った。姉が教えてくれたのだ。姉が教えてくれることはみんないいことのはずだった。はげしい喧嘩はしてもすぐにからりと機嫌が直る姉に、私はおそるおそる様子を見ながら甘えていたのだろう。派手なピンクの花を折り取って、すこしべたべたとする蕚《がく》に指を汚しながらちゅぅと吸うごとに、果てしない満足感が広がった。

あの全能感はいったいどうやって私の中に生じたのだろうか。おとなしいおかっぱの写真を見るたびに、私はそう訝《いぶか》しく思う。

あの頃の眼を写真で見ても、私の中に自我が生まれた兆候はまだ見えない。瞳《ひとみ》は瞳孔《どうこう》が見えないほどひたすら黒くて、どこか別の、あらぬところを見ている。多分、私はうすうす感じ取っていただけで、まだほんとうには知らなかったのだ。孤独であることの意味も、女であることの意味も、その味わいも。

6

珠

二〇一〇年三月、私は、持てる力と魂をすべて込めた博士学位請求論文を提出した。その前日、超音波画像を見に夫が仕事を抜け出して病院へやってきた。女の子が欲しかったから願掛けにピンクのネクタイをしてきたら、見事女の子だった。

このときの私は、翌月まさか救急車で山王病院から日赤医療センターへ搬送されるとは思ってもみなかった。

四月の終わり、自然分娩《ぶんべん》で長女、珠《たま》を死産した。人間であることをぎりぎり認められる週数である二二週を超えたところだった。陣痛はすでに前日や前々日の晩から始まっていたわけだから、規則的な痛みが来るようになってから三時間に満たない短いお産だった。珠の心音が聞こえなくなり、エコーでも心臓の動きが確認できなくなって点滴をやめたあと、分娩室に寝かされた私の枕元《まくらもと》に、夫は心配そうな眼《まな》差《ざ》しで座り、私の右手をとっていた。

いきなり「産む」ことの現実に二人ともまだ適応できなかった。博士論文に集中していたあいだは時間がなかったからマタニティ本も読まなかったし、妊娠中期だったからまだいいだろうと思って、お産の知識はぜんぜん蓄えていなかった。

産むって、いったいどうやって産むのだろう——。事実上、娘の死を宣告されたそのときには、悲しみよりも恐怖の方が勝っていた。

分娩室の中をくるくると動き回る助産師のHさんの顔はほんとうにいつもすべすべときめ細かくて、私のお腹《なか》に当てる手もなめらかでべたつかず気持ちがよかった。彼女の性格も万事てきぱきとして細やかで、私はまるで彼女は赤ちゃんを家内制手工業で生産している人みたいだなと思った。寡黙《かもく》な中に理解と温かみが隠されているのが、こちらにとっても楽だった。

すでに九年、珠のお産は現実から少し遠ざかったが、こうして目を閉じて横になるとよく思い出せる。もだえ苦しむ時間が頂点に達したとき、先に足が出てきて、温かいものが私の腿《もも》のあいだに触れていたことも分かっていて、ただ目を閉じていた。三浦さん、赤ちゃんを迎える準備をしますからこちらへ向き直ってくださいと言われたのも分かっていた。気力を奮いおこして起き直ったが、そこから先はお産について何も知らないまま、本能の命ずるところに従った。

一番辛《つら》かったのは身体《からだ》のわりに大きなぷっくりとしたおしりと腰が出たときで、それこそ命が尽きるだろうと思うほどの苦しみだった。身体から力を抜いた状態で、胎盤が出て行ったのも分かっていた。右手で夫の手にしがみついて爪痕《つめあと》を残した。差し出された女性の手を左手で握ったことを覚えているが、誰だったのかは分からない。

思えば、珠ともっとも触れ合ったと感じられたのはお産のときだった。珠は自らの意志を持っているかのように、しっかりと産道を降りていった。胎内から出ていくときに私は、珠が生きているに違いないと錯覚した。あれが私に残された唯一《ゆいいつ》の感覚だった。だから、そのあと抱いたときのことよりも思い返してよっぽど心に迫るのは無理もないかもしれない。

悲しみが襲ったのは、お産のあとに珠と対面してからだった。珠が清められ、ちいさな籠《かご》に敷いた白い布にくるまれて、Hさんに抱かれてやってきた。部屋に入ってきたとき、彼女はいかにも壊れやすそうな、本物の生きた赤ちゃんを抱くような仕草で入ってきた。珠を亡骸《なきがら》として遠ざけず、生きた赤ん坊のようにあやしてくれたのだった。産室のベッドの上に、珠が寝かされた籠が置かれた。

私たち夫婦にとってすら、この子は未知な存在のまますでに旅立ってしまっていた。籠の中の確かな重みが、私たちに喪失をもたらした。柔らかくくるんだ布をめくって、珠の身体を二人でじっと観察した。広い丸いおでこ、閉じた切れ長の目、胸元で組み合わされたちいさな手、ぷっくりとしたお腹としっかりとした太もも。Hさんがそっと出て行った。夫は初めて私の前で泣いた。嗚咽《おえつ》は慟哭《どうこく》に変わっていった。

私は泣かなかった。この瞬間、初めて私は母になったのだ。私は夫の背中をそっとたたきながら、うっとりと娘を見つめていた。

7 残された者たち

珠はひっそりと逝《い》ってしまった。私は死の思い出に満ちた空間に暮らしていたかったが、忍び寄る日常の生の気配と戦わなければならなかった。道すがら調理中のレストランの匂《にお》いを嗅《か》ぐだけで、私は自分の身体《からだ》が汚れる気がした。すべての生々しいものを遠ざけてしまいたかった。

私は子どもを亡《な》くした母親のインターネット掲示板や、ベビー用品のウェブサイトを見て数時間過ごすようになってしまっていた。けっしてあの子は戻ってこないと分かっているのに、お腹《なか》に子どもがいる感覚を取り戻すことが私のすべてになっていた。お産の痛みをまざまざと思い出しつつ子どもを取り返そうとして夫を求め、夫は修行のようにその営みに耐えた。

秋に、再度妊娠が判明した。順調に行ったら六月が予定日だった。

私はこの瞬間初めて、これから自分がどれだけの不安に襲われるかを理解した。失うものができたことの恐怖、それこそ、そこからはじまる苦しみの核心にあるものだった。

私が当時毎晩見た夢は、現実とほとんど区別がつかないような夢だった。流れ出るどろりとした血の生温かささえリアルに感じられる、大量に下から出血し続ける自分の身体、それをとどめることができなくて、ただただ身体の底からつんざくような叫び声を発している自分、死んだ子を抱きしめて単調に前後に身体を揺らしている私、白い掛布を被《かぶ》ったわが子に人差し指でそっと触れている夫の嗚咽《おえつ》。

毎朝、私は金縛りにあったようになってびっしょりと汗をかき、目覚めた。夢から覚めてもしばらくは身体が動かない。目は涙でかすみ、両耳はいつも耳鳴りがして、よく聴こえなかった。私はひたすら自分を見つめていた。夫さえも、ひとりで命を預かる私の孤独には入ってくることができなかった。

私を外から見ていた人には、この孤独は分からなかっただろう。私が暗かったのは、キャリアが行き詰っているのに妊娠してまた足踏みしているからだと思った人もいたかもしれない。確かに正規の就職口もなく報われないまま、未来の展望が閉ざされていた頃だった。けれども、私のほんとうの関心は、お腹の中にある命にしかなかった。研究者としての未来はどうでもよかった。

一年前、珠を喪《うしな》ってまで仕上げた博士論文を今度は単行本として世に出す。あとがきに珠の名前を残すことだけが、私にとっては大事なことだった。それさえ実現すれば、あとはよかった。娘を喪ってなお自分のキャリアを目指すことが果たしてよいことなのか、いや自分にそんなことができるのかどうかが分からなかったから。

妊娠週数がちょうど珠が生まれた頃に近づいた二〇一一年一月の終わりのことだった。義父から携帯に電話があった。義母のダイアンが急死したのだ。自宅で仲のよい友達とブリッジのパーティーを催したあと、咳《せき》が止まらないので気管支炎がぶり返したと考えて薬を飲んだという。次の日は一日安静にしていたが、そのまま寝床で静かに逝った。

私たちが前年末に帰省したとき、かつてお産で娘の花ちゃんを失った義母は、私にさらに優しかった。ソファでテレビを見ている私の後ろを通りかかると彼女は突然何も言わずにかがみこんで私のおでこにキスし、ぽちゃぽちゃした手で頭をぎゅっと抱いた。かつての自分をだぶらせ、愛を感じた瞬間だったのだろう。

彼女はノースカロライナ州に留学生としてやってきた日本人男性と付き合い、実家の反対を押し切って結婚すると宣言した。カーレースのNASCARの興行主だったダイアンの父親は、南部の典型的なカントリー・ジェントルマンだった。自宅では安楽椅子《いす》に腰かけていて、五人の娘と妻のエロイーズが何くれとなく彼の面倒を見た。ホーキンス家は女で回っていた。エロイーズは一六、七歳から産みはじめて大勢の娘を育て上げ、娘たちはそれぞれ教師や会計士や看護師や経営者になっていった。一番おとなしかったダイアンが日本人男性（彼女は彼をセイと呼んだ）と結婚すると宣言したとき、多くの家族が反対した。しかし、ある晩のこと、いつもは黙っている父親が立ち上がってひとくさりスピーチをした。セイはうちの家族の一員である、と。それ以後はただの一つも異論が出ることはなかった。

日本に嫁いだ彼女は北海道から東京から九州に至るまで、夫の職場が変わるたびに夫の赴任地で英語を教え、地元に馴染《なじ》んだ。私が夫と結婚した頃には、彼女は地元のちょっとした名士になっていた。日頃は温厚そのもので、そのくせ車を運転すると自分が下手なのを棚に上げてしょっちゅうキレ、英語で悪態をつく人。彼女はヘビースモーカーだった。

それなりの時間を経た私たちの嫁姑《しゅうとめ》関係には、もはやあまり言葉はいらなかった。あの師走《しわす》の夜のダイアンのしわぶきを思い出す。とても重たい咳だった。私は、窓のシャッターを下ろすボタンに手を伸ばした彼女に、珈琲《コーヒー》でも淹《い》れようかと声をかけたのだ。ああ、いいね。彼女はそう言った。ただそれだけ。それだけで調和が訪れた。私たちは、今いる家族ではなく、そこにいない子どもを通して繫《つな》がったのだった。

夫は、母親の遺体が火葬炉に入れられるとき、もうダイアンの姿かたちに会えないことを悟って背を向けて小刻みに震え、ひとり涙を流した。彼はお骨が焼けるまでのあいだ、檻《おり》に入れられた虎《とら》のようにぐるぐると歩きまわっていた。

私は手を握ろうとしたが、何もしてあげられなかった。私は夫の苦しみを担《にな》えなかったし、夫は私の代わりに赤ちゃんを守ることはできなかった。それでも、決して届かなくても、彼の心に触れたくて私は手を差し伸べたのだった。

珠を喪い、ダイアンを喪い、そして今授かった子を喪う恐怖に怯《おび》え、この時期の私たちには暗い影がヴェールのように覆《おお》いかぶさっていた。息をする音さえ聞こえるくらいの、深い静寂だった。お互いの体温や、腹部の内側以外に温《ぬく》もりはなかった。

胎動がとくに激しかったある日、マカオに出かけた夫の飛行機が落ちる夢を見た。墜落しかかった飛行機の機内電話を使って、夫が自宅に電話をかけてくる夢だ。私は、東シナ海を泳いででも戻ってきてくれと言った。びっしょりと汗をかいて起きたとき、電話が鳴った。羽田空港からだった。私はふつうの声をして、お帰りと言った。あ、あと……。なぁに？　ううん、なんでもない。気をつけてね。

夫の精神状態も少しおかしくなっていた。時折り、死なないでね、と不安そうに私に言うのだった。普段の彼らしくなかった。

8

夫と暮らす決心

七月のローマは華やかだった。酷暑の街路にはココメロン（スイカ）の屋台が出ていて、私たちはお買い物をしてはカフェで休み、バチカンを回り、朝ごはんは街角のカフェで美味《おい》しいカプチーノとパニーニを食べた。路地をめぐって、何があるか自由に探索した。あんまり長く歩かせすぎるとちいちゃんが不機嫌になるので、三浦くんは時折り怒られた。

大学三年生の夏、ちいちゃんが就職活動前に早めに卒業旅行に行こう、と言った。海外に二人だけで行く、という考えに私は興奮した。今行かなかったらもう二度と行けないかもしれない。ちいちゃんと私は、ローマとヴェネツィアに行くことにした。

ちいちゃんと旅行に行く話を三浦くんにしたら、僕も行きたい、と言った。ツアーはごめんだけど、バックパッカーの旅なら。あなた方はお嬢さんだから少なくとも安全なホテルには泊まって。昼はガイドをするから、と。そんなことが、ほぼ親友だと思っていた彼とのちに結婚するきっかけだった。

三人で回ったことは親には内証だったけれど、素晴らしい旅だった。旅慣れている彼がいたことで、余すところなく楽しみを味わうことができた。夜は着替えてオペラを観《み》に行った。彼はローマ最後の晩ごはんに、ハスラーというホテルにある眺めのよいレストランを予約してくれた。スペイン階段の段々の上に建っているホテルだ。二〇歳そこそこの若者たちには贅沢《ぜいたく》すぎるレストランだった。あとから聞いたら、私立の学園で英語を教えて稼いだバイト代を、ずいぶんこの旅行で散財したのだという。

ヴェネツィアではサン・マルコ広場で日がな一日音楽を聴いていることもできたし、お日様に弱いちいちゃんが、頭が痛くて昼寝をしているあいだに二人で水辺の美術館に行ったりした。ちいちゃんは私が夜中に少し抜けても寛容だった。あのときの三人の写真はどれを見ても楽しそうだ。私たちはたぶんコップが倒れても笑い転げていたと思う。

旅の最終日、フランクフルトで乗り継ぎ便を待っていたとき、ちいちゃんは少しだけドスの利《き》いた声で私に訊《き》いた。で、あんたどうする気なの、あの人。

——彼は多分ちゃんと付き合って結婚したいんだと思う。

もごもごと言うと、私を良く知るちいちゃんは低く笑った。

それはまあ。彼もずいぶんと頑張ったわね。でもそりゃ無理でしょ。

ところが、その一年半後、なんと彼女は私たちの結婚式のブライズメイドをしてくれていた。お互い子どもができた今でも、彼女は私たちの関係にあきれて頭を振る。

三浦くんとの時間は常に穏やかだった。機嫌が悪くなるのはせいぜい暑い中待たされたときか、お腹《なか》が空《す》いているとき、眠いときくらいで、翌日に持ち越さないし、メールでたち悪く絡《から》んでくることもまるでなかった。そんなさばさばとした性格だった。

彼は私と対抗しようとしなかった。何かのはずみで議論になると、たいてい重要なポイントを整理して発想を刺激してくれた。それは喧嘩《けんか》でもなく、ほとんどの場合、言い争いにもならなかった。友達だった頃からずっと司法試験の塾に送り迎えをしてくれたし、遊びに行くような関係になったときに他の男性の影がちらついても態度には表さなかった。

私たちはイタリアから帰国後に頻繁に会うようになった。少しずつ、自分の隠してきた情報を小出しにしてみた。彼が怯《ひる》んだり動揺することはなかった。そのうち私の中で隠していることはほとんどなくなり、子どものように無邪気に振舞えるようになった。

時折り、彼の下宿先だった永福町に泊まると、夜中に私がうなされることがあった。違う場所で寝ると、たまにパニックになることがあったのだ。それもだんだん間遠になり、なくなっていく。すると突然、私の中の「女」が剝《は》がれた。何も期待されないことによる安堵《あんど》だったのか、過度に求められず、ただ話しているだけでもよい人だったからなのか。

剝《む》けた女の皮の中から、人間が出てきた。

約束を守ること、嘘《うそ》をつかないこと、何より、嫌なときには嫌と言うこと。とても簡単なはずで難しかったことが楽にできるようになった。嫌なときに嫌だと言うことがこんなに気持ちを楽にすることだとは知らなかった。
後に私は、彼になぜそうした問題の多い人間と結婚しようと思ったのか、訊いたことがある。彼の答えは、覚悟だよ、というものだった。思い悩んでも仕方のないことがある。そうしたときには決断しかないんだと言う。今でも、なぜ彼が私の中に「人間」を見たのかは分からない。私に絡みついて繭《まゆ》のように固まった擬態を解きほぐして、その中から素の私が取り出されたのだった。

彼はちいさなものを愛する人で、自分が守るべき限られたものたちとそれ以外をはっきり線引きする人だった。初めての恐怖の記憶を彼から聞いたことがある。ちいさい頃から飼っていたチワワのニルスは病弱な犬だった。三歳の頃に夫のうちに来てずっと彼の犬ということになっていたが、幼稚園児の頃のある日、ニルスが死んでしまうのではないかという恐怖にとりつかれ、その後しばらく怯《おび》えたまま涙ながらに過ごしたのだという。彼にとって最初の死の恐怖が、自分の愛するちいさなものの死の恐怖だったことはたしかだ。

その前後、彼はお肉を食べるのを拒否したことがあった。どういう経緯があったのか、テレビで見たのか、牛さんがかわいそうだと言い出して、好きだったお肉を全部拒否してお豆腐や野菜しか食べなくなったらしい。母親がなだめてもすかしても決意は固かったが、あまりに長く続くので彼女が一計を案じ、ひき肉をお肉でないと偽って食べさせた。それがきっかけとなって、彼は草食動物をやめた。というのも、あとで聞くとひき肉はお肉ではないというのは母親の嘘であるのに、自分が分からないふりをしてズルをしているというやましい気持ちを持っていたかららしい。牛さんはかわいそうだけれど、どうしても大好物のスパゲッティ・ミートソースを諦《あきら》められないことが分かったから、と。

幼いときのことはほとんど語らないか、忘れている夫には珍しい述懐だ。この一六年間いろいろあったけれども、私は、ニルスをしっかりと抱っこしているちいさな彼、他人には決して心を許さないが、ちいさなものを守り抜くあの姿勢が彼の本質なのだといつも思っている。

キリスト教を重視するダイアンに配慮して、私たちはちいさなチャペルで式を挙げた。入籍する前から高輪《たかなわ》の魚籃《ぎょらん》商店街の一間《ひとま》で生活しはじめた私たちの休日の行動は、いつも一緒だった。コンクリート打ちっぱなしのアパートの二階には、窓を閉めても朝から夕方までひっきりなしに商店街の音楽が聞こえてきた。慣れてしまえば何でもなかった。大家さんは一階でかばん屋を開業していたし、錠前屋からパン屋まで、生活に必要なものはすべてそのちいさな商店街でまかなえた。独立する私には親が白い食卓椅子《いす》から食器棚に至るまで、家財道具を買ってくれた。その代り、けじめをつけてその後の学費は自分たちで捻出《ねんしゅつ》した。兄弟の中で家を出たのは私が最初で、母は不本意だったかもしれない。それでも、三浦くんは常に穏やかな人だったから、結婚にはまるで反対されなかった。

東京に住むようになって、衛星放送を含めテレビを初めて自由に見られるようになった。私の世界はぐんと広がった。外務省の中国・モンゴル課に配属された彼は、何らかの事件の対応に追われ、朝になるまで帰ってこないことがたびたびあった。そういうとき、私は友人のバーで朝方まで飲み明かして過ごした。夫が朝帰宅して私が不在でも、彼は怒りはしなかった。休日は二人で近くのスーパーに自転車で食材を買い出しに行き、凝った料理を作った。

彼の主義は明確だった。母体や弱者は保護すべきだけれど、基本的には働かざるもの食うべからず。だから何か仕事をしなさい、と私に勧めた。それは私の母が重視した生き方とは正反対の考え方だった。

9

強情っぱりの幼稚園児と女になるということ

ひばり幼稚園の園長のとらじ先生とさよ先生は、子どもは裸足《はだし》で過ごすべき、という主義の持ち主だった。写真を撮る日以外はズボンしか許されず、私たちは毎日どろんこになって遊んだ。初めて登園したとき、私は泣いて泣いて過ごしたという。園庭に出る時間には、ひとり頑として屋内から出ようとせず、子どもたちが帰ってくると、今度は園庭のブランコのところに立てこもった。

これほど強情っぱりの子どもは見たことがない、と多くの先生が言う中で、ただひとり、私がなついた先生がいた。なおこ先生といって、ピアノの上手な先生だった。どこへ行くにも私を抱っこして連れて行ってくれたからか、知らぬ間に園にも園児たちにも馴染《なじ》んでいた。私の強情は届く相手を持たなければ、その意味もないと悟ったからだ。

度外れてわが道しか知らなかった私は、なおこ先生を「許し」た。私に触れることを、なだめたり優しいことを言ってくれたりすることを。青っぽいアイシャドウが濃い、ある先生のことは卒園するまで好きになれず、私は決して心を許そうとはしなかった。

されたくないことにきっぱりと、やめて、と言うことができないので、青いシャドウの先生に対しては口も開かず近づかなかった。お世辞を言われても、大人の本音が見えてしまうような気がして、苦手だった。

幼稚園児の頃から興味があったのは、服。お姫様のような衣装に憧《あこが》れていた。洋服に対する執着はこの頃からあったのだと思う。ワンピースを着て行ける日が待ち遠しくて、カレンダーを何回も何回も確認した。シンデレラの絵本が大好きで、おかっぱの髪を伸ばしたくて、自分ではない何かになりたくて仕方がなかった。かぼちゃの馬車からガラスの靴で降りるくだりは何度も頭の中でシミュレーションを繰り返したくらいだ。

ある日、私は六歳頃だったか。祖母とお出かけをしていたときのこと。いつも羽織っているジャンパーをきゅっと腰のあたりに結んで巻いていたことがあった。祖母が私の方を見ながら母親に耳打ちをしているのが目に入った。それはなんとなく、いつもの私のお気に入りの祖母らしくない眼つきで、私は思わず一まわり動作をちいさくした。あれはなんだったんだろう。思い返しても思い返しても、自分の行動に恥ずかしいところはなかった。でも、あの眼つきは初めて見る眼つきだった。

こんなちいさなことが意外と気になるものだ。愛する人だからこそ。この日の一件を、私は忘れることはなかったのだが、二年後くらいに何かのタイミングで母に言われた。あなたはおしゃれさんだから。おばあちゃんもね、あの子には気をつけなさいって言っていたわよ。

私はすぐにピンときた。なんで？と、温和《おとな》しいふりをして訊《き》くと、母は疑いもなく教えてくれた。あなたがほら、いつだったかジャンパーをしゅっとこうやって締めたでしょ、あれを見ていてね、おばあちゃんはあの子はやっぱり何か違う、気をつけなさいと言ったのよ、と。

長い間ひっかかっていた疑問が氷解した代わりに、私はしんとした気持ちになった。おばあちゃんがあたしのこと、そういう風にあの子呼ばわりするなんて。なんだか恥ずかしい気持ちが先に立った。それは祖母の冷たさではなくて、祖母の他者性だった。他人に見られているという気持ちを初めて持ったのが、おそらくこのときだ。

見られている、あたし。品定めされている、あたし。そしてあたしを見る人は、よその男性ではなくおばあちゃんだった。

女の子をきまって襲うこうした体験は、自覚されなければたいしたことがないのかもしれない。けれども、そうした他人の目に無意識に適応できない人間、たとえば私のように言語化できないまでも意識してしまった人間は、無傷ではいられない。ちいさな私は、見られている自分が、自分のリアルな実感からかけ離れた「女」として位置付けられることにどうしても慣れることができなかった。私はその違和感を、気持ちの素直ないい子になることで、なんとか乗り越えようとした。

あのとき、私は女になったのだと思う。社会的な意味での女というのは、おっぱいがついていることでもなければ、おしりが丸いことでもない。あなたはおっぱいがついているよ、と知らされることであり、おしりを見られることである。そして、私たちは一つずつ動作をちいさくすることを学ぶ。不本意な擬態の陰に隠れて、女は外側の世界を覗《のぞ》き、人に好かれようとするものだ。その愛情を求めるしぐさから本質的に逃れる術《すべ》を私はまだ知らない。


自分の中に棲《す》まう女性性をどうやって飼い慣らすか。あるいは一般的な女性らしさからはみ出た自我にどうやって対処するのか。これは女性にとって永遠の課題だ。

女性性の葛藤《かっとう》からの一つの脱出方法は、擬態を排除して盾をはりめぐらし、お気に入りのもので自分を囲んで眼鏡越しに世界を見ることだ。好かれたい気持ちを自ら抑えるためにわざと不機嫌に振舞い、自分の好みを細かく決めていく。あれは嫌い、これは嫌い、と。「私」の気持ちに馴染むもの、意に沿う表現しか寄せつけず、自分の世界を築く。そこには他者が欠けている。こうしたやり方を取る人は大体、女性であるのに女嫌いだったりする。

もう一つの対処方法は、女を好きになることだ。気まぐれで魅力的なあの子を好きになって、一緒にお揃《そろ》いのことをして喜び、群れる、これも一つの手段だ。しかし、そうしたからといってほんとうに救われるとは限らない。そこには、思い通りにならない男性という存在が欠けているからだ。

私は母を見て女であることの難しさを学んだ。自分の母親、すなわち祖母と一緒にいるときに一番幸福そうに見える母は、それでも女であることから逃れられているようには見えなかった。母は、自分の母親に対する気持ちほどには、男性とのあいだに濃《こま》やかな情愛を育《はぐく》めなかったのではないか、と私は思ってきた。それでも親はいつか自分より先にこの世を去ってしまう。永遠に娘でいることはできない。女性はパートナーである男性とあとに取り残されるのだから。それに、母の人生にとっては、婚家《こんか》の目、世間の目というものが圧倒的に多くの比重を占めていた。彼女は天衣無縫からは程遠い人だった。

二〇代前半まで、私は女というものにがんじがらめになっていたと思う。人目を気にせずに歩くこともできなかったし、女であるということを意識せずに人と話すこともできなかった。おかしな話だが、人前でものを食べることさえ苦痛だった。

そのあと、私の自由度は次第に増していく。だからといって女でなくなったとも思わない。知恵はついたけれども。歳《とし》を重ねたからといって、女であることから自由になったと言うつもりはない。何を言ったところで、私は私に拘束されている。愛されたいという欲望を持ち、そして常に自分自身を離れたところから見つめている他者の眼差《まなざ》しとしての私に。

10

湘南《しょうなん》高校へ

湘南《しょうなん》高校の受験当日、私は失敗したと思い込んだ。この平塚から抜け出すほぼ唯《ゆい》一《いっ》の切符だったのに。絶望したのは、滑り止めで推薦入試を受験した私立の高校に行きたくなかったからだった。

私学の説明会の日、私は母と小田急線の急行と各駅停車を乗り継いで行った。伊勢原駅で買った京樽《きょうたる》のお寿司《すし》がとてもおいしかった。薄焼き卵で包まれた巾着《きんちゃく》の五目ずしを口いっぱいにほおばりながら、私たちはベンチシートに並んで座って窓の外を見ていた。母は小旅行のあいだ、終始上機嫌であった。私たちは一緒にささやかな贅沢《ぜいたく》と遠出を楽しんだ。

私立の学費が高いことは知っていた。地元の学校を嫌がる私の唯一のわがままを聞き入れ、兄や姉とは違う学校の受験を両親が認めてくれたことも分かっていた。しかし、説明会の校長先生のあいさつで、私はここに行くことが途端に嫌になった。その学園は男女別学であった。比較的珍しいその制度を説明する校長先生は、親たちを前に饒舌《じょうぜつ》だった。女子は純粋です。よく育てればうまく矯正して高みに導くことができる。しかし、同時に女子というのは朱に交われればすぐ赤くなる傾向がある。女子が純潔を保ち心身を鍛え、朱に交わらないようにするためにわが校は男女別学を取っているのです、とこのような趣旨の講話であった。

そう、明らかに私はこの学校の教育対象にふさわしくなかった。言うなれば、私はその朱ということになるだろう、と思われた。しかも、校長先生は保護者に向かってだけでなく、素直に耳を傾ける女子たちにも、その内心などいっさい慮《おもんぱか》ることなく、滔々《とうとう》とそう語ったのだ。聞いてるんだけどなぁ、とこちらは思ったのである。

悩んでいるうち、幸いにも本命の湘南高校に受かったことが分かった。高校に入ったら変わるつもりだった。私は眼鏡を授業中以外はかけないようになった。明らかに見えていないのだが、その方が自分らしく、また視界を遮る重たいガラスを隔てなければ楽にニコニコできたからだ。突然私はモテるようになった。標準服のブレザーとルーズソックスが十分な私服を持っていない私を守ってくれたし、男の子たちは以前のようなぶっきらぼうで怖がりの傍観者ではなくなった。

中学時代、小学生の頃から好きだった男の子がひとりだけいた。サッカーがうまくて、授業で一緒にサッカーをしてパスをし、彼のシュートが決まるのを見るのが楽しかった。彼は教室でいじめが度を超えるとひとこと言うのが常で、男らしいなと思った。

中学の頃、付き合って、と自分から言ったことがある。学校の裏に引っ越したばかりの、彼の真新しい家の玄関の段々のところで。今はサッカーに専念したいからごめん、というのが答えだった。翌日には学校中がそのことを知っていた。変わり者の私に告白されたのが恥ずかしかったのだ。彼にすれば、噂《うわさ》が広まった方がよかったのだ。俺にはそんなつもりはないと宣言して自分を守りたかったのだろう。私の中における男らしい、という意味合いは、むしろ臆病《おくびょう》さを象徴するものになった。

しかし、高校に入学してみると、なぜか男子の方が積極的だった。それから、私は母にたくさん嘘《うそ》をつくようになった。

湘南高校は、自由だった。校舎はすみずみまで綺麗《きれい》で、白い奇妙な形をしていて、公立なのにエレベーターまであった。教師は気さくで高圧的ではなく、授業も面白いものが多かった。しかし、一時間以上かけて通う私はクラスでも有数の遅刻魔になった。朝ごはんのあとに母とだらだらとお茶を飲み、おしゃべりをした。母ははじめのうちは楽しそうだが、そのうち当然、早く行きなさいと怒り出す。私はしぶしぶ立ち上がって家を出る。腰が重いのは、朝の電車はよく痴漢が出るからだ。たまにラッシュではない時間帯の痴漢に出くわすと、事態はもっとひどいことになった。駅のホームで電車が来るのを待っていると、制服を見て、どこの高校？といかにも紳士的な中年男性が声をかけてくることがあった。授業をさぼってなんかいないだろうね、と。へえ、湘南なんだ、立派だね。空《す》いている車両に一緒に乗り込んできて、母校の話や、湘南電車と呼ばれた時代の近隣の風景を回想まじりに解説しつつ、最後の最後に裏切る。女子高生には何もできないことを分かっていて、降りる間際《まぎわ》にそっと胸やおしりに触れるのだ。声音は相変わらず親切そうで、権威を含んでいる。視線はこちらに向けたまま、獲物《えもの》を見据えたかのようだ。まるでヘビが満足げに舌をちろちろさせて私を見ているようだった。抑えきれない権力欲が、暗い目つきの向こうから滲《にじ》み出ていた。そうした人間は世の中に一人ではなかった。

あのときの私が見える。藤沢駅で降りた私は、そのまま陸橋を駅ビルの方へとぼとぼと向かって、ベンチに座り込む。力が出ないのだ。当時は携帯なんてなかった。かばんから小説を出す気力もない。ただひたすら座ってじっと何かを待った。歩行者信号の横断用の音楽が二種類、三度ずつ鳴った。ようやく、仲のいい古文の先生が、「濱村《はまむら》、あと二回休むと赤点になるぞ」と言っていたことを思い出し、私はのろのろと立ち上がって小田急の改札に向かっていった。

そんなことが続いても、私の自我は頑強だった。自分が壊れてほしいとどれだけ願ったか分からない。とはいっても、私は一五で初めて、自由というものを手にしたのだった。電車で通う自由。駅前の店に寄っていく自由。人生で二回目にポカリスエットを飲んだのも高校に入ってからだった。ごくたまにクラスの女の子とデザートバイキングに寄ることもあったし、駅の近くでみたらし団子屋さんに寄ってたむろするのも楽しかった。陸上部の部活ではカラッと晴れた日に江の島まで走りにいくこともあったし、アジサイの咲き乱れる鎌倉の石段で練習することもあった。湘南の四季は美しかった。

ただ、私はやっぱり集団行動ができなかった。ときどき教室で固い椅子《いす》に座って正面を向いていることに耐えられなくなると、ひとりで海に出かけていった。視力はなく、耳もなぜか悪かった。私の耳には生まれついて指向性がなかった。うるさい場所では近くの人の言うことがまるで聴き取れなかったから、大勢がいる場では黙っている方が好きだった。クラスメートも部活の人も、私の首の角度が変で、眼つきも奇妙だと言った。反論せずに黙っているとふてぶてしいと思われそうだったけれど、あたしはあたしなのに、と思った。

ざーざざざ、授業をさぼって波の音を聞いていると、いろいろなものが治っていった。そういうときにはちゃんと涙が出てくれるのだ。何やってんの、かわいそうがってんじゃないのよ、とひとこと、私は自分にむかって呟《つぶや》くように突っ込みを入れ、立ち上がる。私はひとりでいいからほんとうの話し相手が欲しかったのだ。女というより、人間として見てくれる人が。

II　どうしようもない状況

私は中学に上がると家から徒歩一〇分程度のところにある美容室に連れていかれ、男の子のような短いショートヘアに刈り上げられた。小学校の頃、私は母になかなか髪を切らせなかった。母の不器用な鋏《はさみ》使いで、前髪をおでこの真ん中で短くぎざぎざにカットされるのが嫌だった。だから、腰にかかりそうな長い髪を失ったことよりも、初めて美容院に行けたことを歓迎する気分だった。

姉のセーラー服はいっさい直さずともぴったりだった。母の選ぶ服を着ずに学校に行くことができる。洋服がからかいの原因にならなくなったということ、それだけで私は安堵《あんど》した。女の子たちは半年もするとセーラー服の下に襟付きのブラウスを着ることをやめ、濃い臙脂《えんじ》色《いろ》のスカーフを、ふっくらと襞《ひだ》を取って結ぶ方法を覚える。もっと危険な道を行く覚悟がある女の子たちは、下に着るワンピースの裾《すそ》をおろして引きずるように歩き、ウエストを詰めた。つまらないことだが、臙脂色のジャージのジッパーをどこまで開けてよいかということについては、学年に応じた不文律があった。それこそ、傍から見て下級生と上級生を一瞬で認知することができるメルクマールとしての掟《おきて》なのだった。

集団の中でほどよい地位を得ること、それが当時の子どもたちの日々の最大の関心事であった。

姉が卒業と同時に陸上部の後輩に名入りのジャージをあげたとき、母は泣かんばかりに怒った。そんな余裕はわが家にはなかったから。いわゆる学ランの第二ボタンと同じで、男女を問わず好きな先輩のジャージをもらうことが、その頃の私たちの中学でのステータスを反映していたのだ。

お姉ちゃんは、私ではない誰かにジャージを譲った。そのジャージをあげた相手ってどんな人なんだろう。白い刺繍《ししゅう》の名前を胸に、その二学年上の彼女は練習していた。休憩時間に水道の蛇口を逆さに向けて水を飲むあいだ、静止した彼女の胸の「濱村」という文字を眺めながら、私はその少し取り澄ました顔つきの先輩を子細に観察した。おそらく人気の先輩のジャージなら何でもよかったのであり、どうしても姉でなくてはならなかったわけでもないだろう。女たちの階級社会では、仲良くしていた先輩の妹だから可愛《かわい》がってもらえる、というような関係性もなかった。パッと目が合ったときの私の目線は意地が悪かったかもしれない。

名前はくみこちゃん、だっただろうか、もう記憶が定かではない。同じ小学校から上がって次第に不良になっていった子がいた。彼女はいわゆるスケ番の先輩たちにしごかれたり、子犬のように軽くかわいがられたりして、よくトイレで泣いていた。けれども、同級生の私たちに接するとき、彼女は誇り高かった。細眉《ほそまゆ》にかかる茶髪の前髪にむらなくケープの霧がかかるように、彼女はトイレの鏡の前で目を細め、顎《あご》をひいて折り畳みの櫛《くし》を入念に使った。工藤静香の前髪だ。

妊娠したらしいというおそらくデマであった噂《うわさ》が何度も流れたり、暴走族と付き合っているらしいという噂が流れたりしても、彼女は黙って傲然《ごうぜん》と不機嫌の高みから同級生を見下ろしていた。私はそんな彼女を少しだけ尊敬した。

陸上部であからさまないじめが起きたのは、先輩たちがちょうどいなくなった頃だった。練習で組んでもらえず、いつも鋭い眼つきで睨《にら》まれるようになった。どの子ともそれなりに仲は悪くないと思っていたのだけれど。小学校から一緒だった幼《おさな》馴染《なじ》みの二人組から、下校時の出会い頭に罵声《ばせい》を浴びた私はほんとうに身の危険を感じた。商店に身を隠した私に、出て来いよ！と彼女たちは挑発した。小突かれるのは嫌だったし、用水路にかばんを落とされかねなかったから、私は声をあげず、通学路に一店きりしかない個人商店の中に身を潜めていた。小一時間も経《た》っただろうか。身震いをしながら見渡しのきく道路を足早に歩き、黙々と家に帰った。家に帰ると、母が心配した。私の涙腺《るいせん》は途端に緩んで、ちいさいときに遊んだ二人組に憎まれていることを訴えた。母は優しく、すべてうまく行くからと請け負ったのである。私が半纏《はんてん》にくるまってカットした林檎《りんご》を食べているうちに、母はそのうちの一人に電話をかけた。ちいさく抵抗しようとしたが、私は結局母の行動に従ったのだ。

母は電話で優しく謝り、ちいさい頃にあんなに仲良くしてくれたんだからうちの子もほんとうは仲良くしてほしがっているのだ、と滔々《とうとう》と述べた。恥ずかしかった。それが母のやり方であることを知っていたはずなのに、私は布団《ふとん》に潜り、母に従順

ない い子に戻る方を選んでしまったのだった。

次の日、登校すると電話を受けた子が近づいてきた。照れ隠しににやにやとしていて嫌な予感がした。うちらと仲良くしたいんだって？ 私は一瞬止まってから、うん、ごめんね、何か気に障《さわ》ったみたいで、と答えた。予感とは別に、これでうまく行くのではないかという希望があったからだ。

それからまもなく、事情をすべて把握していた陸上部の顧問が彼女らと相談して、三年生の女子部員全員の集会を開くと決定した。場所は木工教室だった。顧問である理科の教師と技術の教師が立ち会い、その場を仕切った。理科の先生が口火を切った。濱村がなぜハブられるのか理由を知りたいそうだし、みんなも言いたいことがあるのだろうから今日はここで全部吐き出せ、いいな。濱村は全員話し終わるまで口をきくんじゃないぞ、まずはよく聞いて、そのあと反論したかったらまとめて言ったらいい。

私は先生たちの隣に座らされていた。今朝方の隠微で抑圧的な雰囲気ともさらに打って変わって、親にチクった、という蔑《さげす》みの空気があたりを支配していた。裏切り者。なぜだか私も自分が卑怯者《ひきょうもの》である気がした。その日、リーダー格の女の子はなぜかいつもより女らしかった。私が気取っていて無神経で、あれやこれやが嫌いだと吐露したのち、驚いたことに彼女はタオルハンカチを顔に押し当てて泣いた。もうひとりの子が彼女の肩を撫《な》でさすった。それからは、ほぼすべての女の子たちが似たような思いを告白しては泣き、を繰り返した。ただひとりの子だけが、あたし何にも言うことない。みんな仲良くしようよ、と言ってすすり泣いた。あの子が、その場の糾弾調の雰囲気を嫌がり、こわいよー、と言ったのを覚えている。場はふっと和み、大丈夫だよ、とみんなで彼女を慰めた。

私はと言えば、まるで調理されていく魚だった。中骨のところで捌《さば》かれて白い身をさらけ出し、内臓はあらかた取られてしまっていた。あとは薄く身を削《そ》いで切り身にするだけでよかった。彼女らの私に対する非難が意外だったわけではない。自分が与える嫌な印象もよく分かっていた。ただ、目の前の光景の醜さが信じられなかっただけだ。ストレートネックの首がいつものように痛みはじめた。今ここで首をゴキゴキと回したらまずいだろうか。そんなことを考えた。

ふと窓に目をやると、夕陽が山にかかろうとしていた。オレンジ色の光が窓枠の影を床に落とし、家路につくはずの時間だった。感動の涙を共有できない私は、いったい何をしたら世界が終わるんだろう、とぼんやりと考えていた。

疲れ切って家に帰ると、母と口をきくのも億劫《おっくう》だった。二段ベッドの下の段にごろんと横になると、姉は不機嫌だった。高三になって受験勉強で苦しんでいるのだ。

私はとぼとぼと弟と妹のところに慰めを求めに行った。小学三年生の弟と、幼稚園の年長の妹は、まだお話が大好きだった。段ボールを立て回し、タオルケットを被《かぶ》せた「テント」の中で、私はお話を始めた。キラキラと光るダイヤモンドが沢山たくさん洞窟《どうくつ》に眠っていたあたりで、急に声がつかえた。この子たちを愛している。私だって人を愛することはできるんだから。私は強く強く彼らを抱きしめた。

お姉ちゃん、きついよー、はやく続き話してよー、と彼らは言うのだった。

12

大学へ

大学の二次試験は、兄の手術の日だった。父は時間に余裕をもって本郷まで送り届けてくれ、一緒にキャンパスの目の前にあった喫茶店ルノアールで紅茶を飲んだ。別れ際《ぎわ》、父親がぎこちなく、じゃ、がんばって、と片手を挙げた。少し大人になった気がした。中休み、私は兄に電話をかけた。いつも外の世界を見せてくれていた仲のよい兄は四つ年上で、そのときちょうど盲腸をこじらせて腹膜炎を起こしていたのだ。午前中の試験がうまくいって、手術も無事済んだことが分かって、私は嬉《うれ》しかった。もう、いろんなことの帳尻《ちょうじり》が合って、新しくスタートを切って生きていける気がした。

大学に入って、私は二時間近くかけて大学に通った。バスで伊勢原駅に向かい、下北沢まで小田急線の急行に乗って、井《い》の頭《かしら》線で駒場東大前まで行くのだ。下北沢で降りたり、渋谷まで乗ってしまう誘惑がある路線だった。新学期が始まる頃、渋谷のBEAMSで兄の買い物に付き合ってから、もっと手ごろなお店で今度は私の買い物を手伝ってもらった。大学生活が楽しみだった。入学後、母の反対を断固押し切って使い捨てのコンタクトレンズを買い、何を言われようと好きなものを着た。母は、私が買ってくる服を指先でつまみながら深いため息をついた。

けれども、東大の理科I類は私のような地方の公立出の女子にとって完全なアウェーだった。女子はほとんどおらず、男子は高校にいたような子たちとは全然違って、言葉も交わせなかった。数学のクラス合同授業で、九六人の男子が三、四人の女子と一緒にずらっと講堂に腰掛けているさまは異様だった。たいてい遅刻する私がおそるおそる後ろのドアを開けると、少なくとも一〇〇個の目がこっちを見た。場違いな人間が紛れ込んだような気がして、私はそっとノートとボールペンをハンドバッグから取り出した。

初日の女子オリエンテーションに出席したとき、机の向こう側からこっちを見ている女の子がいた。ふんわりとブローした長い茶色い髪が、胸のところで大きく一回カールを巻いていて可愛《かわい》かった。浮いているもの同士、私たちはすぐに仲良くなった。大学を通してできた女友達は、結局このちいちゃんだけだった。

大学に入ったらもう彼氏は作らないと決めていたはずの私は、大人と付き合いはじめた。妻帯者だったけれど、それゆえに気が楽だった。外食に行っても長い時間話が続いたし、年齢こそ違えわりに対等だった。どんなときもかっとならなかったし、お互いに出すぎた干渉もしなかった。

私は、この関係を通じて男性との接触が嫌だという気持ちを完全に乗り越えることができたし、その人は乱暴でもひとりよがりでもなかった。今から考えると、相手の家庭にとても申し訳ないことだったのだと思う。それでも、一〇代だった私には、そんな風に考えることはできなかった。

ただ、そんな彼との関係も変化していった。愛着はあるのに縛られない彼との付き合いは、私にとっては大きかった。それでも、そのうち次第に暇つぶしをしているだけなんじゃないかという気がしてきた。思い悩む夜にはよく、私はひとりで高層ホテルの窓縁《まどべり》に裸足《はだし》で膝《ひざ》を抱え込んで座った。相手が眠っているのを起こすのはかわいそうだったし、何もすることがなかった。窓からじっと道路を見下ろすと、ちいさく行き交う人や車が見える。このままガラスが消えたらどうなるのかな、と私は思った。

飛び降りたいわけではなくて、そんな勇気がないこともよく分かっていたけれども、胸に溜《た》まった何かが行き場を失っていた。とんとん、と私は軽く窓ガラスをこぶしで叩《たた》いてみた。とんとん。ずっとそんなことを繰り返して、夜が更《ふ》けていくのだった。

あの頃の私は何にでも飛び込む代わり、嫌になったら逃げる人だった。高校まではお菓子を作ったり、縫物をしたり、家庭的なことが好きだったのに、大学時代の私はとにかく立ち止まることやゆっくりすることが嫌だった。

ほんの短い一時期、熱をあげて夢中になった別の人もいたけれど、その人は事業に失敗して故郷へ帰った。この人もあとから冷静になって考えれば、結婚相手にはできない人だった。

若い私は、自分が女であるということに囚《とら》われて身動きが取れなくなっていた。

外側の女らしさが周りに及ぼす影響は、私の内面とはたぶんほとんど関係のないものだった。そのことを未発達な頭が扱いかねると、私は黙ることしかできなかった。女という属性はどこにでもついてきた。人のいる場所に行けば行くほど、男性と付き合えば付き合うほど、私は女としてしか見られないことで孤独になった。そうすると、旧《ふる》い家庭で育ったことで身に着けた抑制ばかりが顔を出すのであった。声を上げて笑うことも少なく、相手を観察しつつただ微笑《ほほえ》んで座っている。いい聞き役だったかもしれないが、私の心はひとりぼっちだった。

社会が見てみたくて、アルバイトにも少しだけチャレンジしてみたのだけれど、母は、そもそも女の子がバイトをすること自体、たまらなく嫌がった。付き合う男性やアルバイトをめぐって母と喧嘩《けんか》するのはやはりしんどいことだった。

初めにチャレンジしたのは家庭教師だった。ところが、母がそれに強く反対して当日にキャンセルの電話をかけさせた。次に試したのは東映のOさんという人に紹介されたモデルの仕事だった。自宅に電話がかかってくると、決まって母は尖《とが》った顔をした。実入りのよいバイトではなかったけれど、母に言われてやめるのは癪《しゃく》に障《さわ》った。しかし母はしつこくて、とうとう私も折れて行かなくなった。

家を出たくとも原資がなかったし、当時の私は母親を精神的に必要としていた。そのあと教養科目のイタリア政治のゼミで知り合った三浦くんの勧めで司法試験の塾に通おうと決めたとき、今度こそいろいろなバイトを試してみようとしたが、どれもあまり長くは続かなかった。勉強家の三浦くんは、ふらふらと遊んでいる私に会うたび、もったいないよというのが口癖だった。法律は身につけておいた方がいいし、あなたは文系の方が向いているよ、と。そんなもんかな、と私は思って助言に従ってみた。

翻訳もやったし、カフェも、バーテンダーもやり、六本木のキャバクラにも行ってみた。そちらには五回ほど通っただろうか。けれども、まるでお世辞が言えなかった私にはやっぱり苦痛だった。「女の園」にもまるで馴染《なじ》めなかった。それなりにいろいろなものを見聞きしたが、自分が何をやりたいのかだけはまだ分からなかった。

とりあえず卒業後、どうやって親元から独立するかが課題だった。まだあと一年半ある、と三年生の私は思った。

13

門司《もじ》の家

ガラリとガラスの引き戸を開けると、広いたたきの正面には正月の干支《えと》飾りがすでに飾ってあった。鈍く光るまでに磨き上げられた廊下が私たちを待っていた。今訪れるとちいさな家だけれども、狭い家に住んでいたちいさい頃にはずいぶんと大きな家に感じられたものだ。私は歳《とし》の近い従弟《いとこ》とかくれんぼをして納戸《なんど》で息をひそめたり、ちょうどデッドスペースになっている襖《ふすま》と簞笥《たんす》の隙間《すきま》に身を隠したりした。今でも樟脳《しょうのう》の匂《にお》いを嗅《か》ぐと、あの家に戻ったような気がする。こっそりと抽斗《ひきだし》を開けて触った、柔らかく皺《しぼ》の立った絹の香りと樟脳の匂いが、桐《きり》簞笥の匂いとない交ぜになっている。

新幹線の小倉駅で降りて在来線に乗り換え、門司《もじ》駅を出てしばらく歩く。何度も左に右に曲がって、ゆっくりと右手の海の方へと近づいていく。お稲荷《いなり》さんの脇《わき》を通って左に曲がると、路地にめぐらした塀の中ほどに木の扉が待っていた。重たい戸を開けて数歩進むと、段々があって玄関がある。ただいま、と大きな声で言うのが嬉《うれ》しくて、子どもたちは旅支度の一張羅を着たまま、声を張り上げるのだった。

お帰り、と言って出てくる父方の祖母は、母方の祖母とは違ってどことなく距離を感じさせる人だった。いつも和装に身を包み、上から割烹着《かっぽうぎ》を被《かぶ》っていた。少しだけパーマを当てたグレイヘアと、笑い皺《じわ》の出ている薄くてきれいな肌に、長年の水仕事で曲がって節くれだった指を持っている人だった。

祖母は先の大戦で、戦況がだんだんと芳《かんば》しくなくなってきたときに、東京の雪《ゆき》ケ谷《や》から門司にお嫁に来た。彼女は、ちいさい頃から豊かな本に囲まれて育った。革命思想にかぶれた青年から、憲兵に睨《にら》まれそうだからロシア文学の本を隠し持っておいてくれと託されたこともあったそうだ。彼女は、自分の蔵書の棚の奥にぐいぐいとその本を押し込んだという。長女だった彼女は、女学校を出てお嫁に行かされた。嫁ぎ先で、朝ごはんのあとに新聞を読もうとしたら姑《しゅうとめ》にどやされた。それから二度と、彼女は新聞を手にしなくなった。

まだみんなが起き出す前から起きて、土間にあるかまどに火をつける。野菜をたらいでごしごしと洗い、米を炊《た》いた。産んだ娘たちはみんな、姑と小姑《こじゅうと》に取られた。抱いてあやそうものなら怠けるなと言われた。背の高い彼女は玄関のたたきに並んだ草履が他の人よりも大きいと笑われて、一生懸命にちいさな草履をはこうとした。彼女は自分の立場を守るために家事に精を出し、地元の付き合いに飛び回った。そうやって彼女はようやく、自分が大奥さんと呼ばれるところまで来たのだった。

祖母とよく語るようになったのは、彼女が脳梗塞《のうこうそく》で倒れる少し前だ。私が所帯を持ってから、そして子どもを産んでから、彼女はよく自分の話をしてくれるようになった。夜、片づけを終えて食堂の灯りの下、父が何かつまむものを探しに来て、あたりが賑《にぎ》やかになりてんやわんやするまで、彼女の昔語りは続いた。

祖母の妹たちは、もう少し異なる人生を送ることができた。上の妹は女子大を出て学者の卵と結婚し、ドイツ語の翻訳者になった。祖母が初めて産んだ長男は早世し、三人の娘たちに続いて、私の父が生まれた。たまさか子どもを連れて里帰りをした祖母と雪ケ谷の妹たちが映っている写真を見たことがある。彼女だけが数十歳も年長に見えた。ハイカラさのかけらもなく、昔ながらの佇《たたず》まいで写っている。

私の母も、門司に帰省すると同じように働いた。この家では嫁が働くことが当たり前だったのだから。門司の家に入った瞬間、母はすぅっと私たちと距離を置くようになる。ストーブの傍で私たちがどんなにきゃっきゃっと騒いでも、双六《すごろく》に興じても、ふだんなら加わってくる母は入ってこようとはしなかった。

嫁いだ女はもう遊べないのだな、というのが私の率直な感想だった。祖母が私の兄や弟にいいお刺身を付け、女の子たちの待遇を別にするのを見て、私はちいさい頃からそこはかとなくこの家の伝統を感じ取った。大学に行くな、というわけではない。むしろ、まじめに勉強すること、大学に行くことが奨励される家だった。父の独身の姉たちはそれぞれにキャリアを積んだ。

けれども、父と同じ大学を出た母は、毎朝冷たい水に手を真っ赤にして米を研いでいた。母はたったひとりの嫁だった。取り澄ましたような優しい母のことが悲しくて、私は母のところへ寄って行っては、割烹着の上からしばらくしがみついていた。そんな私のことをみんなは甘えん坊扱いしたが、私はただ悲しかったのだ。

ある晩、みんなが食後に座敷でカードゲームをしている間、ひとり姿を見せない母がどうしているか気になって私はお台所を覗《のぞ》いてみた。

母は、腰掛けてお芋を潰《つぶ》していた。きんとんにするお芋だ。和せいろをさかさまにしたような枠付きの網を取り出すと、母はその上に木べらで芋を一掬《ひとすく》い載せ、ゆっくりと練りはじめた。その網は馬の毛でできていた。金網でも笊《ざる》でもない馬の毛で、母は念入りにきんとんを擦《す》っていた。少し枠を持ち上げると、黄金のような細かいさらさらとした粒の山が皿の上にできていた。

きれい！　私は声をあげた。母が少し作業をやらせてくれた。何度練っても、網の上のお芋はなくならなかった。ぺなぺなとこすりつけながら楽しんで、私はすぐ飽きてしまった。そして、母はまたそのいつ終わるとも知れぬ作業に取り掛かった。

暇だからといって、やることがあるわけでもない。小説を読む贅沢《ぜいたく》もない。ただひたすら、祖母と母は家の人びとのために朝から晩までおさんどんを続けるのだった。

私も、大きくなるに従って門司では雑な所作ができなくなった。片膝《かたひざ》を立てても、たしなめられたから。男が上、の価値観は厳然と残っていた。なんで結婚したんだろう。私は母を見て思うようになった。ほんとうに楽しいのかしら。ほんとうに幸せなのかしら。問うても答えは出なかった。ただ一つ悟ったのは、結婚前の娘もこうやって親に縛られる以上、私たち女にはほかに出口がなさそうだということだけだった。

14

彼氏という存在

初めて付き合ったのは高校の部活の一年上の先輩だった。私は、たまたま自分に気があった人と付き合うことにしたのだ。たぶん入部して間もなく告白されたと思うのだが、それも顚末《てんまつ》はよく覚えていない。はじめのうちは、ただ楽しく明るい付き合いだった。移動手段が徒歩と電車の私は、彼の自転車の後ろに乗せてもらって、家にも遊びに行った。そのあと関係が冷めてもなかなか別れられなかったので、最初期のあの喜びは帳消しになってしまったのだけれど。

カラオケというものには数回しか行ったことがなかったが、その人はカラオケが大好きでミスチルの歌がうまかった。私は濃い赤紫色のビロードのソファにそっと座って、どれも初めてのJポップを聴いていた。歌いたくはなかったが、聴いていると楽しいな、と思った。

彼には優しいところも真面目《まじめ》なところもあったし、若さゆえか一途《いちず》すぎて怖いようなところもあった。彼が私を傷つけるのではないかと本気で心配になることもあった。独占欲が強く、いつも私と二人でいようとするから、部活仲間にも眉《まゆ》を顰《ひそ》める人は少なくなかった。彼の人望のためにそんな評判が立つのはよくないという気がしたけれど、二人ともそういう配慮ができる年齢ではなかった。

どうも、彼は結婚する将来図を描いているようだった。彼の思い描く人生では、私は彼の母親のように料理をして家をきれいにし、二人以上の可愛《かわい》い子どもを育てることになっていた。そして、あくまでも人生の主役は彼だった。彼はそんな話をとめどなく続けるのだが、私は頭のどこかに疑問符を浮かべながら話を聞いていた。

彼との関係が壊れたのは、コンドームも怖くて買いに行けないくせに、どうしてもセックスをしたがるからだった。

縁切りを言い渡してからも、しばらくは教室に頻繁にやって来た。最後の最後は下駄箱《げたばこ》のところまで追いかけてきて、小刀を持ちだしたから、私はほんとうにうんざりした。展開があまりに安っぽかったから。

放課後、人気《ひとけ》のない校舎の一階のリノリュームのところで、下駄箱に近づこうとした私は、目の前に立ちふさがる彼を睨《にら》んでいた。二人のあいだにはまだ少し距離があった。

死ねるもんなら死んでごらん、と私はひどいことを言った。そんなたやすいことじゃないから。本心だったけれど、そんなことを言う必要はなかったかもしれない。私たちはお互いを傷つけるばかりだった。

私も嘘《うそ》をついた。彼が傷つかないように、自分も自分の傷口が開かないように、処女のふりをした。まだ一六歳だというのに血が出なかったことを彼は不審に思ったようだ。ものの本には血が出ると書いてあるのだから。

今から思えば、一六歳であそこまで一人の人間を全力で受け止める必要などなかったし、弱くて卑怯《ひきょう》なところを許容する必要もまるでなかった。彼のだめなところを受容せず、もっと詰《なじ》ったってよかったはずだ。それでも私は彼にハッピーでいてほしかったから、自分自身を苦しめるような妥協を重ねた。

受験のストレスが彼を追い詰めていた。彼は成績の順位を私と競おうとした。弱かった。あらゆることを限界ぎりぎりまで我慢して、私はキレた。

次の彼氏との付き合いも、似たような経過をたどった。もっとも、この関係が壊れたのは私が三番目の彼氏に行ってしまったからだった。付き合った男の子たちは、この女だという確信に満ちていたけれど、私にはそんな確信はなかった。

愛着が生まれることはあっても、それ以上のものが生まれることはなかった。おそらく、男性というものを私はまるで信じていなかったのだ。どの人も非常に自我が脆弱《ぜいじゃく》だった。女の子で、こんなにすぐプライドが傷つく人なんているだろうか、と私は思った。どの人も女が自分より学業ができることは好まなかったし、妻の賢さは自分のことを常に気にかけ、助言するためのものであると考えていた。彼らはそんな優しい家庭を思い描いていたのだった。

私は同級生の彼その人が欲しかったのではなくて、恋をしたかっただけだったのかもしれない。

二番目の彼はある日、PHSにワカレヨウというメッセージをくれた。私はその画面を二、三秒見つめてから、ウン、ワカッタ、とテキストメッセージを返した。

無償の愛を注いでいるように感じさせながら、結局は他の男性に心が向いて裏切った自分がひどいということはよく分かっていたし、たしかに潮時だった。

社会人だった三番目の彼氏は、精神的にもう少し余裕があった。でも、この関係もセックスをめぐって破綻《はたん》した。私はそんなことまるで要らなかったのだから。セックスに向ける男性側の熱情は、当時の私にとっては邪魔でしかなかった。大学に入ってからもしばらくのあいだ、彼は電話をくれたけれど、正直にそのままの気持ちを言うわけにはいかなかった。

私はこんな体験が重なったせいもあるが、これからはもう彼氏という存在を持つことはやめよう、と思った。若い未熟な男性から独占欲や欲望をぶつけられれば、悲しいとか疲れるとかいった思いの方が勝ってしまう。求められることを望んではいても、そんなやり方を望んでいたわけではなかった。これからはほんとうに孤独に慣れなければ、と思った。

別れると毎回ほっとした。またひとり。ひとりの方が自然なはずだったのに、束《つか》の間《ま》そうでない気分になっただけなんだ、と。私はほんの少しずつだけれども、賢くなったと思う。好かれることは救いにならないことが良く分かったからだ。

15　初めての経験

中学三年になった一四歳の私は、湘南高校に入りたくて仕方がなかった。通信教育のZ会から送られてきたチラシの湘南高校の学校紹介が載っているページを、私は繰り返し読んだ。嫌いになっていたセーラー服ではなく、カチッとした決まりはないが濃い色のひざ丈のスカートとブレザーなどの標準服が採用されていること、新しくなったばかりの校舎は船を模したユニークなものであること。藤沢に行けば、人生が変わる気がした。実際、その年にはある意味ではもっとひどいことが重なり、私はまるで違う人生を生きることになった。

私は本を読みながら帰ることが多かった。物思いにふけるよりずっと楽しかったし、車もほとんど通らない田舎道だったのだから。声をかけられたときにびっくりしたのはそのせいだった。小説に夢中で、すうっと後ろからバンが寄って来たことに気づかなかったのだ。私はまずいな、と直感的に思って、何を話しかけられても目を足許《あしもと》に落として歩き続けた。とにかく大人しくして関わり合いにならなければ大丈夫、というのがこの近隣で荒れている暴走族や、たまり場でシンナーを吸っている不良と共存していくための秘訣《ひけつ》だったから。

あとはあまり覚えていない。覚えているのは痛みと、死ぬのだろうな、という非常にリアルな感覚だけだ。私の頸《くび》に手をかけたそのうちの一人ののっぺりとした眼つきが醜くて気持ち悪く、せめてもっと楽な死に方をさせてもらいたかった。少なくとも一人は知っている顔だったと思う。死に方はなんでもいいから、痛いのだけは嫌だった。気が遠くなりたいのになれない、という経験は私をその後長いあいだ苦しめることになる。やめて、と言ったのだが、自分の声がどこか遠くから聞こえてくるようで、現実味がなかった。

1、2、3。1、2、3。いつ世界は終わるのだろう。1、2、3。もう少したらぷつっという音が聞こえてすべてが終わるはずなのに。

殺風景な新幹線の高架下で、ほらよ、と放り出されて、私はバッグとスカーフを胸に抱えて家までよろよろと歩いた。自分がどんなにぼろぼろでも、いつも通りの田舎の風景は微塵《みじん》も私の心に寄り添ってはくれなかった。道には誰かが飲み捨てた空き缶が散らかり、農家の塀沿いの松はよく手入れがされており、落ち葉がかさかさとのどかに舞っていた。きちんと閉まった正面の門を避けて庭の戸口から入り、母が茅ヶ崎の庭から持ってきて植えたあんずの木の下で、隠れるように外水栓の水で顔と手を洗った。制服を脱ぎ捨てたのち、手負いの狼《おおかみ》のように私は炬燵《こたつ》の中で唸《うな》った。下腹部の痛みが尋常ではなかった。手でさわると血がついた。

炬燵であたためてしばらくすると、痛みは穏やかな鈍痛に変わった。私は罪人のように寝ていた。弟や妹の顔を見ることが苦痛だった。私の生理痛はいつも激しかった。だから、母はまるで疑わなかった。なぜ母に正直に言わなかったのだろうか。

ああ、台無しになってしまって！と言われるのではないかと怖かった。あたしは台無しになったんだろうか……。私はぼんやりと思った。私や姉が顔の吹き出物を気にしたり、鏡の前で長い時間を費やしたりすると、親はその度にしつこく小言を言った。娘が女になっていくことが心配だったのだろう。服や髪を気にすることや、おそらく歩き方や身振り手振りさえ持ち出しあげつらい、私の責任にされるのではないか、そんな気がしたのだ。そして、おしまいには台無しになってしまったというだめ押しの結論がついてくるだろう。でも台無しとは、どういうこと？ いったい誰のためのなにが台無しになったのだろうか？

私は炬燵の中で布団《ふとん》を頭までかぶり、ちいさく丸まって目を瞑《つむ》り、この事件をなかったことにしようと試みた。だいじょうぶ、だいじょうぶ。だいじょうぶ、だいじょうぶ。大丈夫では全然なかったのだけれども。

高校に入って、しばしば親に純潔を疑われるようになってから、私はやけっぱちで言ったことがある。言ってなかったけど、ちょっと前に車で攫《さら》われたことがあるわよ、と。何されたの？と根問いする母親に、結局大丈夫だったと私は嘘《うそ》をついた。彼女は私を信じているようには見えなかった。攫われたこと自体が嘘だと思ったのか、大丈夫だったことを強調したことが嘘っぽかったのかは分からない。いずれにしても、思春期の女の子を持つ母親は疑り深いものだ。大丈夫だったんだとしても、ばい菌とかあるし産婦人科に行かなきゃいけないじゃない、と母親は呟《つぶや》いたが、今ごろ行ってもしょうがないでしょ、と高校二年生の私は冷たくドライに言い放った。その件が蒸し返されることは二度となかった。

今の私が、当時の一四歳そこらの自分に戻ったとしても、出口は見つけられないだろう。同じ立場と環境に戻ったとして、もっとよい知恵が浮かんだとは思えないからだ。助けはなく、自分で生きていくしかなかった。私に降りかかった災難は誰にでも降りかかりうるもので、その目的はたぶん、私を傷つけることだった。すぐに警察に通報し、そして産婦人科に行くべきだったのだろう。私が親ならば必ずそうさせたはずだ。けれども、子どもの私はそうは考えなかった。親がどんなに騒ぐか、どれだけの噂《うわさ》が広まるかを考えただけで気が遠くなるようだった。あの木工教室にいた子たちは、今度こそほんとうに喜ぶだろう。みんなで私の悲劇を口さがなく消費するだろう、と。

そもそも警察に行くということ自体、子どもの頭では思い浮かばなかった。当時、そうした種類の犯罪があることも知らなかったから。木工教室での「人民裁判」とそのこととのあいだに大して違いはなかった。相手の行為は私の意に反しており、苦痛だった。尊厳を奪い去られる気がした。その一方で、なんとなく自分にも非がある気がしたのだ。原因は同じことだ。私の存在がいけなかったということ。要は生意気だったということだ。誰かに憎しみをぶつけられ、支配欲を剝《む》き出しにされる不条理は、なぜか私だけに向けられているようで、すべて自分のせいだと感じるほかはなかった。

長じて夫に出会ったとき、伴侶《はんりょ》として語り合ううちに彼が私に言ってくれたことがある。帰責性と因果関係を混同したらだめだ。あなたという存在には、他者の支配欲を呼び起こす原因はあるが、だからといって責任はない。ああ、あのときにそう分析して私に語ってくれる存在がいたらよかったな、と切に思うのである。

私は毎日、また同じ道をひとりで通った。同じことが起こりうる危険は分かっていた。しかし、学校に行かないという選択肢はなかった。当時の私は親からも学校からも自由ではなく、心を閉ざして隅っこに逃げることでしか対応できなかった。不登校を貫いて、行きたい高校に行けるなどということはありえなかったからだ。両脇《りょうわき》に稲を刈ったあとの殺風景な田んぼが単調に続く一本道。夕方になると虫の音が聞こえ、農家が栽培している花の香りがしっとりと漂ってくる。私は歩幅をしっかり刻んで数を数えた。授業中に気持ち悪くなると保健室に行って、帰りは図書室に姿をくらました。

憎かったかと言えば、憎くはなかった。むしろ相手の持つ暴力性が身震いするほど不気味で怖かった。それでも、殺さないでくれてよかった、という気がした。

私はこの頃まだよく『シートン動物記』を愛読していた。そんな記述があったのかどうか定かではないが、私が動物記からイメージしたのはこんなシーンだった。獲物《えもの》を銃で撃ち抜いた狩人《かりゅうど》は、倒れ込んだ動物の傍にかがみこんでいる。獲物の頸からは血がどくどくと流れ出ている。目から最後の光が消え、死んでいくのをじっと見届ける手も猟師にはあっただろう。究極の権力行使だ。でも私の場合、彼らはそうしなかった。気まぐれに散々いたぶってからふと気付いたのだ。死体をどこかに引きずっていくほど面倒くさいことはない、と。

生還した手負いの動物はどうやって生きていけばよいのだろうか。あの頃、私はずっと古傷を抱えて生きていくのだろうと思っていた。でも、今こうして振り返っても、痛みはほぼ残っていない。人生は、こんな経験よりもはるかに豊かだったからだ。この経験は、何があっても死なないという意思、壊れようとしても壊れられない忍耐力を私に与えたかもしれない。しかし、人生における愛や死の方が、より深い痛みと力、そして喜びを与えてくれた。そして、その後の人生を通じて考えてみても、処女性などというものにははじめから何の価値もなかった。

16

籠《こも》る日々

夫は、私が生きやすいように生きることをいつも望んでいた。過去を打ち明けたとき、彼は他の男性のように「きれいにしてあげる」という型通りの台詞《せりふ》は言わなかった。たぶん汚れたと思っていなかったからだ。私の感情がねじくれ、裡《うち》に閉じ籠《こも》って理解しがたくなることの方が、彼にとっては苦痛だった。今そこにいる私が素のままに幸福なのであれば、それでよかった。

私たちは、二〇〇九年に山小屋を一年間借りた。こぢんまりとしたログハウスで、滑りやすい木の階段を何段も何段ものぼった所にあった。長野県と群馬県の県境近くにあり、小路《こみち》に面していて、北へ行くと碓氷峠《うすいとうげ》の見晴台へ、南へ行くと矢ヶ崎《やさき》の方に出る。碓氷峠の或《あ》る力餅《ちからもち》屋さんにはちいさな看板娘が二人いて、当時は上が六、七歳くらい、下がまだ三つにやっと届くか届かないかくらいだった。私たちが休憩に立ち寄ると、いつも近くへきてあれこれと訊《たず》ねる。素朴な子たちで可愛《かわい》らしかった。

人気のない小路の散歩は、言葉もいらなかった。とりわけ好きだったのは殺風景な冬だ。腐葉土の深々とした匂《にお》いをかぎ、霧に向かって歩いていくとわずかに頬を湿らす霧の質量を感じる。軽井沢の空気は、一息吸うごとに命が養われていくようであった。私は粗い毛織のブランケットにくるまってベランダに座り、珈琲《コーヒー》をごりと手挽《てび》きで淹《い》れて楽しんだ。

大学院在学六年目の夏は、ほとんどこの山小屋に籠り、昼に何度か散歩をしたり、買い出しをしたりして外へ出るほかは朝から晩まで博士論文に取り組んだ。

夫が寝たあとは、ひとりで明け方まで執筆した。空が白みかけて初めて、時間がもうそんなに経《た》っていたことに気付く。冷え切ってこわばってしまった背中をのばし、まだ霧が濃く立ち籠《こ》めるテラスで指なしの毛糸の手袋をはめて、夜通し焚《た》いたストーブの上でたぎらせた薬缶《やかん》の湯をゆっくりとドリッパーに注いだ。

隔絶された自分の城と、穏やかなひとりぼっちの時間が私を包んでいた。考えることと言えば、四六時中、事例研究に出てくる戦争の解釈や理論の細部の詰めであり、夫はそんなことを喋《しゃべ》り続ける私を、変わったねぇと笑うのだった。

その年のクリスマスはいつものように宗像《むなかた》の夫の実家で過ごした。クリスマス当日の昼、みんながショッピングセンターで忙しく買い出しをしている間、薬局で何の気なしに妊娠検査薬を買った。しばらくちゃんちゃんと来ていた生理が一二月になって遅れていたから、念のために試しただけだった。

すぐに、陽性反応がくっきりと浮かび上がってきた。私は洗面台に寄りかかってしばらく茫然《ぼうぜん》とした。この二、三年は子どもが欲しかったはずなのに、いざとなるとちょっとだけ怖かった。お腹《なか》の下の方にこつんとした違和感があるようで、自分ではない何かが棲《す》みついたような気がした。

山小屋を畳み、子ども部屋を確保するために日当たりのよいマンションへ引っ越す頃には、私のお腹はだいぶ大きく膨らんでいた。明るいリビングでは、いつも犬たちがめざとく日の光のあたる場所を転々とするようになって、南向きのはめ殺しの長窓のところで毎日日向《ひなた》ぼっこしていた。新しい家は、夢に満ちていた。子どもの名前を決め、珠ちゃんと呼ぶようになった。

私は気づけば母がしていたことの記憶をたどって子育ての準備をしていた。母の時代と違ったのは紙おむつを用意したことくらい。私のお腹はいよいよ重くなっていった。

当時、新宿にあったユザワヤへ生地を買い出しに行き、大量のスムースや小花模様のコットンやらレースやらを買いこんだ。それからミシンをカタカタ言わせて、おくるみやらベビー服を縫ってはためこむ毎日が続いた。昔、妹の洋服をたくさん作ってあげた私にとって、まるで子ども時代に帰ったような幸せな日々だった。

子ども部屋の窓から毎朝差し込む日の光は、床に座ってあれこれ夢想する私を柔らかに撫《な》でていった。

17 弔い

春も終わり、日赤医療センターの一般用出入り口から初めて外に出た私は、わずか数日のあいだにけやき並木がいっせいに芽吹いていることに驚いた。酸《す》いも甘いも嚙《か》み分けた病院のスタッフは、すぐさま退院を決意した私たちの顔を確かめるようにじっと見つめたあとは、反対しなかった。

　珠をまず家に連れて帰ってやりたかった。おくるみを抱えてよちよちと自宅まで歩く私と行き逢《あ》った何人かは、赤ちゃんを見ようとして優しく手元を覗《のぞ》き込んだ。

　その晩は夫婦だけで通夜《つや》をし、次の朝すぐに火葬場へ行った。家族は誰も呼ばなかった。時間に少し遅れてタクシーで到着した私たちを待ち受けていたかのように事は運び、珠はすぐ荼毘《だび》に付された。

手製のうさぎのおくるみで包んだ珠をお棺に入れ、顔の周りにはガーベラを、茎を切り落として敷き詰め、足許《あしもと》には山と咲いたちいさな白薔薇《しろばら》を入れた。ピンクの象のぬいぐるみと白いプーさんのぬいぐるみを添え、新婚間もない頃の私たち二人がチワワのニルスを抱いてほほ笑んでいる写真の裏に、珠の名を書いて入れた。ちいさなちいさな白絹にくるまれた骨壺《こつつぼ》を抱いて、葬儀業者にマンションまで送ってもらったのはまだ昼前のことだった。今では壺の中でかさかさと音を立てる珠の身体《からだ》はすべて、私が自分のお腹《なか》の中で血を送って作り出したものだった。出産という過程の末に、私が命を吸い取ったように思えた。珠はその最期《さいご》を私のお腹の中で迎え、掌《てのひら》に帰ってきたのだった。あとから考えれば、これは、私の母性が困難に晒《さら》されずにすんだということでもあった。親のエゴイズムが子どもを苦しめることもなく、自己完結的で罪のない段階にとどまったことを意味していた。私は母になった。しかし、手をかけるべき子どもはすでにそのときいなかった。

夫が作ってくれる食事や連れて行ってくれる外食の一つ一つが新鮮で、街の匂《にお》いや風のひとそよぎにも、私はうさぎのように耳をそばだてて反応した。テレビも新聞も、本さえしばらく見る気にはなれなかった。五感はもう目一杯に使われていたからだ。お産の直後は、私があんまり何ごとにもありがとう、ありがとうと繰り返すので、夫は少し当惑していた。

しかし、日常への復帰は思ったよりもつらかった。宙ぶらりんになった母性を抱えて生きるのはしんどいことだった。とりわけ、早く仕事復帰しなければならない夫とのあいだで、精神の回復のタイムラグが生じれば生じるほど、私は苦しみはじめた。私の心は母性を得て広くなったようでいて、実はわが子のことだけを考えることできわめて狭くなっていたからだ。

珠が亡《な》くなってから、私の無事な声を聞かせるために実家に電話した。実母であっても、他者と触れ合うのはつらかった。ただ受話器の向こう側の悲鳴をこちらが受け止め、なだめれば済むと思っていたのだけれど、母からすれば、悲嘆に暮れても実の親を受け入れようとしない、氷のような娘の態度と映ったかもしれない。少なからず恨んだと思う。

しっかりするのよ、と彼女は言った。人生山あり谷ありなんだから。もっと大きな谷はいくらでも来るのよ。

母であることは子どもと共に生きようとすることだ。昨日恨んだことでも、許せないはずのひどい嘘でも、家族のあいだにはいくつものいくつもの時間がたゆたっていて、たいていのことは押し流されていく。今この瞬間の現実や堅固な日常に勝るものは、人生にはそうそうないからだ。しかし、私たちには数カ月、数年単位ではない、もっとたくさんの時間が必要だった。

私は、自分がもはや母を必要としていないことに気が咎《とが》めていたのだろう。明け方に、母が必死に対岸から私の船を呼んでいる夢を見た。必死に私の名を呼んでいるのだ。ごめん、あたしもう戻れない。流れはすでに私を運び去ろうとしている。

遺族を取り巻く者たちは、無意識に自分にも悲劇性を賦与《ふよ》したくなるものだ、ということを私は学んだ。母は自分や自分を取り巻く不幸の種を、一生懸命探しているように思えたからだ。弟が階段から落ちて怪我《けが》をしたり、自分の目が悪くなってきたり。そうしたちいさな個別の不幸の共有を梃子《てこ》に、母は私に近づこうとした。

孤独な人びとは、他者の不幸に自分の不幸を繋《つな》げようとする。しかし、どこまで行っても他者は他者だ。人生の意味を本人以外の人間が与えることはできない。その事実を知る者として、私たちのあいだに過ぎ去る時間をただ眺める私の眼差《まなざ》しは、思えば残酷だった。

ある日、数年前に私が伯母の死化粧を施したときのことを、母はふと持ち出した。私はポーチから自分の紅筆を取り出し、伯母の洗面所から見つけた化粧品を持ってきて、やわらかなアイシャドウを入れ、一つ一つ丁寧に眉《まゆ》、唇の形を描いた。実際にはあとから、葬儀屋が凝った死化粧を施してくれたのだけれど。

ああ、私は思い出した。私があのとき気をつけたのは、なるたけ、病魔が彼女のなめらかな頰を蝕《むしば》む前の素顔に近い状態を取り戻してやることだった。

母は、私より鮮明にその光景を脳裏に刻み込んでいた。

自分にはあんなことができるだろうかと思ったのよ。でも、私のお葬式でもきっとるりちゃんは同じようにやさしく気持ちを込めて死化粧を施してくれるだろうと思ったわ、と母は言ったのだった。

私はどう反応していいか分からなかった。その場ではけっして受容されることのない数々の独白が、歳月の中で、私たち母娘のあいだに取り交わされ続けた。言葉は堆積《たいせき》し、脳内にため込まれていった。

それでも、私たちは離れているように見えて、それほど遠いところにいたわけではなかった。母は私の中に入ってこようとし、私は母を遠ざけていたが、それは単に二人のあいだの依存関係をめぐるすれ違いであった。私たちが煩悶《はんもん》している理由は似通っていた。死は誰にとっても恐ろしいことだからだ。私たちは、たぶん二人とも死が怖くて愛を求めていたのだ。大事な人を喪《うしな》うことが、自分が死ぬことが怖くて。

私には、書き言葉に紡《つむ》ぐまでは決して母に明かせないことがあった。通夜を過ごすお棺の中で、珠の皮膚は少しずつ弾力を失っていった。赤ちゃんのいい匂《にお》いは、温《ぬく》もりが失われるにつれて変わり果てていった。私は変わりゆくわが子に耐え切れず、通夜の晩初めて声を出して泣いた。ベッドルームでひとりで、夫にも告げずに。私はいとしい子をもうそれ以上喪わないために、そそくさと荼毘に付したのだった。

18

他人との触れ合い

次女を取り上げたのも、長女のときと同じ助産師のHさんだった。陣痛に痛むお腹《なか》を抱えて分娩《ぶんべん》室の自動ドアを開けると、彼女が待っていた。私たち二人はあっと立ちすくみ、とっさに口ごもりながら昨年はお世話になりましたと礼を言った。

死産の記憶がありありとよみがえったが、それはむしろ安心感をもたらした。すでに一人を産んだことがある、という自信だった。お産のあいだ、当直の先生とHさんが私をずっと介助し、彼女は私を優しくたたき、さすり、撫《な》でた。苦しいには苦しいのだが、見守られているという気持ちが私を言葉少なにした。私は時折り耐えきれずうめいたけれど、気を確かに持ち続けていた。

お産のあと、個室に顔を見せた彼女は私をまっすぐに見つめて、ほんとうにありがとう、とお礼を口にした。ちょうど仕事で落ち込んでいるときだったけれど、明日からのやる気を取り戻せました、と。

私は自分がお世話になったという気持ちしかなかったから驚いて、こちらこそお礼を言う立場ですと返した。珠のことを初めて人間らしく扱ってくれたのはあなたでした、と。あのときHさんに抱かれて産室に入ってきた珠は、ほんとうにちいさくて、あたたかくて、生きている赤ちゃんのようだった。自宅にうさぎのおくるみを置いてきてしまった私たちのために、こんなんでごめんねと言いながら、ちびっちゃいプリント柄のフリースを用意してくれたのも彼女だった。

彼女のやわらかな手が私の手を握った。私は涙をこぼしながら、こんな極限状態で他人と触れ合ったことはなかった、と思った。赤の他人との触れ合いで慰められたのも、初めてだった。彼女はいつもと変わらず、表情豊かで言葉少なだったが、二度のお産に耐えて頑張った私に、旦那《だんな》さんの献身に感銘を受けたのだと言い、またありがとうと言った。私の担当は、今回も偶然彼女に当たったものと思っていたのだけれど、彼女は私がお産に来ると聞いて、取り上げる役目を自分に任せてくれと師長に頼み込んだのだという。

私たちはしばらく手を握りあって佇《たたず》んでいた。病院の個室の窓ガラスから差し込む朝の光が彼女の影を後ろに作り、傍らで白い産着《うぶぎ》に包まれた娘は、確かな生の気配をさせていた。静けさによって時が重みを増した。それは、ひとりを見送り、ひとりをこの世に送り出した私たちのあいだの、言葉の要らない触れ合いだった。

傷はいつか癒《い》やされるが、それが消え去ることはない。私たちは限られた時間を生き抜こうとし、今が過ぎ去らないように、その時々に果実を味わいつくそうとする。けれども、口にした果実の意味を理解するのはきまってあとになってからだ。そのとき、私は初めて自分を理解した。私が人生で求めてきたのは、愛されることよりも、むしろ愛することだった。

母が言ったのとは異なり、珠を失ったことよりも大きな谷はなかった。でも、それは私の選択の結果でもあった。私は、夫以外のみんながもう失われたものとして見放した珠を、最後の数日に命がけで愛することで、自分の谷をより深くしたのだった。お腹の赤ちゃんを喪《うしな》うことを幾度となく悪夢に見ても、私は待ち受ける死に備えることができなかった。愛を手加減することはできなかったからだ。

そうやって人間はもがきながら歳《とし》を取っていく。抗《あらが》いがたい結果を受け入れ、最後には流れに身を任せる。それが人生なのだ、と私は悟った。それと同時に、それまでの母に対するすべてのしこりと、人びとに対する恨みが解けていった。娘への愛は結局、私の人に対する愛につながっていた。私は感謝と共に癒やされたのだった。

19 ほんとうの自立

仕事は忙しくなっていた。かつてとは違って自主性のある仕事になったから、忙しいことはむしろ楽しかった。夫はさらに何度か仕事を変え、独立した。

どんな決断をしようと、何をしようと、私たちのあいだには黙契があった。週末の山の家という聖域さえ侵さなければ、何をやってもよかった。

夫に仕事を辞める、とある日宣言されても、あ、そう、と言うだけだった。夫の起業した最初のプロジェクトが失敗して損失を出したときは私が生活を支えたし、私が妊娠したときには夫が家計をすべて担《にな》った。生計は余裕のある方が多く負担すればよいだけのことだった。私たちが前もって念入りに相談するのは、休暇を合わせること、ひとり暮らしの義父や私の実家の人びとと会う予定くらいだった。

いろいろなことを根掘り葉掘り訊《き》かなかったのは、彼は喋《しゃべ》りたいときには何でも喋るからだ。そもそも親友として始まった私たちの関係は、いわゆる男女の関わりからは遠かった。朝七時に目覚めたときに家に帰っておらず、携帯の電波が繋《つな》がらなかったときにはさすがに交通事故にでも巻き込まれたのではないか、と心配したけれども、かつて母が私にしたように電話を何度もかけるということを、私はしなかった。

奥さんが外に出る生活をして、よく旦那《だんな》さんは耐えていますね、としばしば言われる。それを聞くたびに私は少し笑顔になってしまう。働くこと、努力し続ける道しか私に許さなかったのは当の夫自身なのだから。自立した収入と地位を得るにつれて、私と夫との関係が変わってきたことを感じていた。ずっと幼馴染《おさななじ》みみたいに対等だったが、いっそうその傾向が強まった感じだった。

議論をしたり、互いの仕事の内容を本気で検討し、幾分辛辣《しんらつ》な意見も言い合うときは別にして、相手の領域に踏み込むことが少なくなっていった。自分の自由が大切だったから、相手の自由をもっと尊重することができるようになったのかもしれない。

夫婦観も変わっていった。子どもと週末を犠牲にしなければ、そしてそこそこ健康的な暮らしを維持していれば、外で誰と会うか、逐一報告することも減った（それがあまりに面白い場合は除いて）。

孤独がふたたび私のところへ帰ってきたが、今度の孤独はどこか懐《なつ》かしみのある落ち着いたものだった。それが、母からも夫からも完全に自立することの対価だった。私はひとりの時間を楽しんだ。子どもと二人で山小屋にいるときも、子どもと私はわりあい独立してお互いの楽しみを探すのだった。一人が落ち葉や焚《た》きつけを集めはじめれば、もう一人がテラスで本を読む、という風に。そして、会食に出かけて行っても、以前のように子どもや夫を家に残していることで心がざわつくことは少なくなった。踏み込みすぎず、頼り切らないことでお互いの距離を保つことが、私たちの関係性をよいものにした。

一週間も二週間もまともに話す時間もないくらい夫が各国を飛び回っているとき、私はいろいろなことを誰にも相談せずにひとりで判断する。会えたときには、子どもそっちのけで話し込むことも多い。私の本や原稿も読んでくれるし、私は私で夫の投資の判断を聞くけれども、それでも相手の荷を背負うことはできないのだった。

だからこそ、私たちはお互いに礼儀正しくあり、思いやりを保つことができた。

こうして自立していても、自分の居場所と大切な人間がいるというのはほっとすることだ。家という空間は、まず自分のための空間であり、そして家族のための空間だ。家族はどっしりと私の真ん中に錨《いかり》を下ろしてはいるが、それでも私はまずひとり、なのであった。

20

「女」が戻ってくるとき

子どもと母親の距離はどんどん拡《ひろ》がっていく。授乳、抱っこから、はいはい、よちよち歩きへと進化していった娘は、保育園の友達を見ると走り出すようになった。このまま、娘のあとを歳《とし》取りながらついていくのかな、と思っていた私は、ある日身体《からだ》がとても軽くなっていることに気が付いた。産後のやつれもなくなり、もう抱っこもあまりせずによくなって、何年か分の疲れから回復したのだった。抜けた髪も半分くらい戻ってきた。

すべて達観していたつもりだったが、そうでもないことにも気が付いた。母性は、ひとりでに溢《あふ》れ出るものというより、時に発揮するための努力が必要なものになってきた。産後の無我夢中の期間には要らなかった努力である。

私の子育ては途中から自己犠牲一辺倒であることをやめた。子どもが六歳になった頃からは晩の会食にも出ていくようになったし、ちょうど夫の仕事が忙しくなった小学校に上がる頃からは、ナニーさんに毎日といってよいほどお世話になるようになった。自分の時間を作ろうと努めたし、子どもにもしっかりと距離を取って躾《しつけ》をし、またこちらの辛抱強さが足りない部分については補おうとした。

私は、あるときは子どもとべたべたし、あるときは距離を置く母親で、それは自分の母親とはまるで違う振る舞い方だった。娘は次第に、家の中の母親としての私だけでなく、外の世界における私を理解するようになっていった。

自分だけのママではない、という感覚は、私が幼少期にきょうだいと母親の寵愛《ちょうあい》を競ったのとはまるで違った体験だったはずだ。そうした育ち方をする子どもは、どうやら自立が早くなるようだった。珠お姉ちゃんと自分を比較してみることも、時折りするようになった。おそらく自分の個性、差異を際立《きわだ》たせようとしているのだ。

私は娘に、世界で一番好きだよ、と日に三回は言う。彼女を猫かわいがりしつつも、ときに距離を置いて観察する。そうしながら私は自分のちいさい頃を思い出すようになった。そして、祖母がそうだったように、娘の中に「女」を見出《みいだ》したのだった。

「女」は娘のあらゆるところに潜んでいた。はにかむ笑顔に、背中に、眼つきに、周囲の人をコントロールしようとするあの世話焼きな感じに。それらを見咎《みとが》める代わりに、その兆候を見逃さず、知らんぷりをしてみた。やがて私が辿《たど》った道の一部を通り、苦労することも、幸せを覚えることもあるだろうけれど、それをあらかじめ指摘して意識させ、行動を縛ることに何の意味があるのだろう、と思ったからだ。なんといっても、母性、女性性、彼女の中に潜むそうしたポテンシャルは、すでに保育園時代から見て取ることができたのだから。

彼女の三歳の記念写真がある。茶色がかったすべすべした髪をおかっぱにして、まっすぐに切りそろえた前髪の下から意志の籠《こも》った眼差《まなざ》しでこちらを見上げている写真だ。足はちょっとクロスして、写真館の壁にもたれかかっている。ふっくらしたちいさな手がうしろになって、口は少しとんがっている。見ようによっては、それはとても女の子なのだし、また見ようによってはとても赤ちゃんなのだった。

私は、見守る一方の親の立場を、お母さんごっこの役割交換で緩めようとした。彼女が、お母さんごっこで私に赤ちゃんや動物の役割をあてがうとき、私は本気で赤ちゃんや動物の役を演じた。わがままを言えば言うほど、私が非合理に振舞えば振舞うほど、娘は喉《のど》を鳴らすように笑い、喜んだ。そんなとき、決まって彼女は首をのけぞらせ、身体から幸福のホルモンが溢れ出すように、幸せオーラが満開になるのだった。

なぜ、子どもの中に潜んでいる女に気付くのだろうか。それはたぶん、私がまだ女性だからだ。自分が女であり続けているからこそ、私は娘の仕草や眼つきの意味合いを理解することができる。娘の中に女を認めることは、自分の中の女が消え去っていないことと向き合うことでもあった。

自立と孤独を手にしたのち、私は女を自らに再び見出していった。若いときとは明らかに違うのだけれども、女である、ということ。鏡を見るたび、そこに映る顔が守られている女性の顔つきではなくなってきた、と私は感じた。そこには、かつてのような全身に張りめぐらされた擬態はなかった。家庭にいったん埋没したのちに再び女となる経験は、私にとっては、守られなくても無防備なままに自然体をとれるようになっていくということだった。それは、妻や母という役割から切り離されて、自分という個人として存在することだった。

女が自分に戻ってきたとき、私ははじめ戸惑い、だが最終的には歓迎した。若いときのようなややこしさは減ったし、人と容易に関わり合い、素直に話せるようになったとは言っても、やはり嵩《かさ》の張った大きなものとしての女性性は残った。結局、私は歳を重ねてきただけで、たいしてこの問題を解決できていない。それは正直なところそうなのだ。

女であることは厄介なことかもしれない。自分が見られているという意識から完全に切り離されて存在できる、なんて言う人がいても私はあまり信じない。対人関係に限っても、女であれば気遣いを求められるし、気を遣ってしまう。だからと言って、女の具体的な生から離れて、女は見られ、客体化される存在だと抽象的に論じてみたところで何になるだろう。それで目の前の女のことが分かるわけでもない。女は切ったら血も出るし、子どもを産むときはお腹《なか》も痛くなるリアルな存在なのだ。

女に再び戻るということは、人の目を意識し、厄介な荷物をまた背負うということでもあった。同時に自分の中にある自然な欲望を押し殺さずに見つめ直すことでもあった。女であることを呪縛《じゅばく》だと捉《とら》える人もいるだろう。そうかもしれないが、愛することを望み、ひとりでいることを覚えた私にとって、それはそれで楽しいことなのだった。

21 女が男に求めるものについて

恋に恋することは簡単だ。人生を振り返ってみて、若い頃は熱しやすく冷めやすい人間だったかもしれないなと思う。恋愛のはじまりは楽しい。その人を彷彿《ほうふつ》とさせる手紙のくだりを読むときに唇の端にうかぶ微笑《ほほえ》み。髪を切り、花を買おう、という気にさせる何か。けれども、恋も男も決して思い通りにはいかないものだ。

女性として過ごしてきた年月を振り返ると、かつて究極的な庇護者《ひごしゃ》としての男性を求めた時期があったことを思い出す。少々の悪い癖まで含めて、自分という存在を無条件に愛してくれること、わがままを許容し、ちゃんと日々関心を注ぐこと＝「見られる」こと。しかし、男と女は本質的に違うものなので、あるいは男女に限らず人間と人間の触れ合いはくい違い、すれ違うものなので、私たちが求めるものは決して得られぬ運命にある。

それでも、満たされないという気持ちは、少なくとも満たされたいという自身の欲望を自覚できているだけ、冷静であるとも言えるだろう。女性は子育ての最中に自己を見失うことがある。子育てにかかりきりになってしまうと、自分のことは二の次になってしまう。そしていつしか、自分が身だしなみも精神的な余裕も何もかも犠牲にしているからこそ、同じだけの犠牲をパートナーに払わせることが正義だと考えるようになってしまう。男性に対する要求は、およそ応《こた》えられない次元にまで釣り上げられる。すると、女性を自己犠牲から救えず、そのままに放置してきた男性はたいてい音を上げる。こうなると、女性の側は男性の無関心で鈍感ともいえる態度に対する不満がマグマのように蓄積してゆく。

最愛の子どもがいながらにして、しかし個としては満たされていないということを自覚しない限り、女性は自らをがんじがらめにしたまま動けない。そんな孤独とどうやって折り合いをつけていくのかは、女にとってなかなか解決のむずかしい、厄介な課題かもしれない。

ある昼下がり、近所のカフェで私は少し座りにくい北欧の革張りのローチェアに腰掛けていた。膝《ひざ》に置いたノートパソコンがなかなか安定せず、苦心していたところだった。友達から相談があると言われ待ち合わせしていたのだ。遅れてやってきた彼女は、心ここにあらずの風だった。実際、彼女の実体の半分くらいは、そこになかった。

分かりやすく言えば、夫は自分をまるで理解していないのではないか、という思いに彼女は苛《さいな》まれていた。そして、夫とは別の男性に気持ちが傾きはじめていた。フレンチプレスで淹《い》れたグアテマラの珈琲《コーヒー》を啜《すす》りながら、彼女の目は遠くの何かを捉《とら》えようとして見開かれていた。用心深く、自分を見つめ直すように。長いひとり語りを終えて、彼女は珈琲に添えられたチョコレートのボンボンをいじりながらため息をついた。そのさまを見て、私は綺麗《きれい》だなと思った。一時的にせよ恋をしている人が輝いて見えるのは、心を開き、鎧《よろい》を解くという普段の生活ではなかなかしないことをしてしまっているからだ。心が柔らかくなっていて、人を受け入れやすくなっている。

彼女は口に出さなかったが、彼女の全身から、私を理解して、私をちゃんとつかまえて、という叫びが聞こえてきた。いつだってそうなのだ。こういう恋愛相談でないときだって、女性の悩みはたいてい自分は理解されていない、ということに帰着する。でも、理解されるためにも、女性はまず自分自身を理解しなければならない。

人生には、もう一度ハイヒールが必要になる日々がある。人びとはしばしば恋愛と信頼を混同しがちだけれど、恋愛とは、不確実性の中で自分の気持ちを相手に差し出している状況であって、信頼とはまた少し違うものなのだと私は思っている。恋愛は不確実性がもたらす不安から自由ではないし、相手が他人である以上、孤独でなくなるわけでもない。

私たちが恋愛を求めるのは、生きていくため。生きるうえで、愛し、関心を向ける対象を必要としているからだ。自分の人生になお残されているかもしれない、可能性や不確実性を求めるのだと言ってもいい。次の瞬間を、明日を心待ちにするための何か。例えば、好きな人とテキストメッセージでやり取りする中で、思いがけない返答が届くことを期待する気持ちのようなもの。それは、〇〇買ってきてね、とか、引き落としのお金振り込んどいたから、うん、ありがとう、といった日常のやり取りでは代替できない、何かだ。
恋愛は、思い通りにならない存在への期待値がふくらみ、それがどう転ぶのか、不確実性の中でたゆたっているあいだに進行する。不確実性ゆえに不安が募るが、愛情を確かめた瞬間にはそれがバネのように爆発的に解放されて、霧散する。そうしたことで、私たちは快感を手にする。恋愛がもっともっと深いところでの快感や幸福に結びつくには、無防備なまでに愛さなければならない。そうして初めて、忘我のやさしさと快感につながるのだ。もちろんそれは誰でもいいわけではなくて、愛する価値のある、心身を預けるに足る相手でなければいけないのだけれども。

自分の人生には何かが欠けている、と彼女が直感したものを言語化するならば、それはおそらく二つのこと。夫との信頼と、夫にせよ誰にせよ他者から向けられる注目だ。彼女には、この二つの欠落を埋めるために、恋愛の不確実性に期待を寄せすぎている気配もあった。でも私は彼女の恋愛に水を差す気はなかった。恋愛を贅《ぜい》沢《たく》だ、逃避だというのは簡単だが、魅力的な他者に関心を持つことをやめたら、それはずいぶんとつまらない生き方になってしまう。

一方で、かつて愛した夫との信頼関係が損なわれたというなら、それは他の恋に走るかどうかより重大な危機に直面していると考えるべきだ。パートナーである夫とのあいだに信頼がもはや成立していないという事実は、目を背けるには重たすぎる。だから、よそで恋をするのはかまわないけれども、夫とパートナーであり続けるのならば関係を修復した方がいいと私は言ったのだった。そうしなければ、もっとも身近な人が自分に向き合ってくれないという感覚は彼女を少しずつ蝕《むしば》んでいくことになるだろう。

彼女の夫の無理解に憤《いきどお》って、共感してあげることはたやすい。あるいは夫ある身で恋に走って、結局は人生が破綻《はたん》することのリスクに警鐘を鳴らしてあげることもできただろう。だとしても、人間を観察することを生業《なりわい》とする私にとっては、そのような世間知を提供することは本意ではなかった。

私には、自らの人生の欠落を埋めようと試行錯誤する彼女が愛《いと》おしいものに見えた。人間が生きていこうとする姿は本物だ。それが結局は度重なる失望に終わるのだとしても、人に思いを懸けることはそれ自体、美しいからだ。私も自分の周りの人に少しずつ思いを懸けるのだけれど、そうしてみると、人というのはたいてい愛すべき存在なのだった。

22　孤独を知ること

職場でカステラを切った。そこで働く同僚の女性たちのために。子どもが保育園に入ったとき、子どもと離れた自分だけの時間が束《つか》の間《ま》生じたあの白い机の傍で。ナイフを入れるたびに底のザラメがざくっと音を立てる。七年前にいた短期雇用の女性たちは去って、新しい女性たちが増えていた。みんな、これから子どもを産んだり、伴侶《はんりょ》を得たり、あるいは親を見送ったりすることになる。稼ぎは知れていても、彼女たちはここで少しの自由と、人付き合いの機会を手にする。私が茶簞笥《ちゃだんす》を導入してみんなを驚かせたのは六年前だった。いったん撤去してしまったけれども、今では職場に珈琲《コーヒー》とお茶が定着した。

私が自分で興《おこ》した会社の取締役を辞めて東大に戻ったのは、退職してわずか一年後だった。しかし、去る前と戻った後では立場も見える風景も違っていた。たったひとりで生きていくことを経験したあとでは、もう自らの自由さを隠すことはできなかった。私は若いときにはなかったものを持っていた。それは言葉。人と交流し、自分を表現し発見するための言葉だ。

私が発する言葉は、多くの他人にちゃんと届くようになっていた。それを受け止めてくれる友人が少しずつできていった。友人とは言っても、過大な期待は持たない。私はしばしば、相手を怒らせかねない正直なことをむきつけに言ってしまうが、相手に好かれようとするのではなく、まっすぐ相手に向き合えば、少なくともそこに誠意があることは伝わるのだった。思う存分自由を極めたからだろうか、あとからきた女性たちを残して私はまた東大を離れることになった。これは個人的なことというより、日本社会の停滞がもたらす必然的な結果であったように思う。組織でもなく学閥でもない、人と人とのつながりしか、もはや現代社会において交流や刷新を成り立たせるものはないからだ。

二〇一八年、さる日米関係のシンポジウムに登壇した。長年の米国の友人の依頼によるものだった。終わって、彼は「るりは壇に上がっても、僕と話しているいつもの調子とまるで変わらないね」と言って笑った。そうかもしれない。私は、つながりたいと思った相手には近しい少数の人にせよ、多数の見知らぬ人にせよ、同じやり方でしか臨んでこなかったからだ。

なぜ、率直に語ってしまうのか。それは、社会的な鋳型《いがた》としての女らしさにはまらずに、同時に自分の持つ女らしさを些《いささ》かも否定せず正直に生きるうえで、必要なことだったからだ。女が男の行動様式をなぞることはほんとうの解放にはならないと私は思うし、服装にしても女性的イメージを避けたり、好きなファッションを諦《あきら》めたりすることこそ、抑圧だ。だが、人びとの頭の中で女らしい外見は抑制や遠慮とセットになっている。女である自分を否定せずに「自由」を手にするには、常に率直すぎるほど率直に語り振舞う必要があった。

女が日本社会に順応するというのは、気持ちを汲《く》み取ってもらえるまで待っていることだという感触が私にはある。ぽつりと漏らす控えめな言葉に、周囲が察してくれる余白や余韻を残す。聞かれるまで自分から望みを口に出さない。選ぶのは最後に残ったもの。そんな古風な女は私の中にも眠っていて、時々ふっと顔を出すことがある。私には二面性があって、いまだにプライベートでは引っ込み思案だ。

女に対するステレオタイプな見方が出回っているために、結果として受ける影響というのも大きい。例えば、女はヒステリックだと見なされやすい存在だ。だから、そのことを知っている女はよほど気をつけて振舞うようになってしまう。女性が感情的になっても多少は許されるが、それは、女性は感情的な動物だ、というある種見下したステレオタイプが許容する範囲までにすぎない。

その抑制をかなぐり捨ててキレれば、男性に比して社会的制裁は重い。だから世の中に晒《さら》され続けている女性は、適応して強くなってしまうのだ。私はというと、ほとんどキレたことはない。私は怒るべき場面においても懇々《こんこん》と諭《さと》すだけで、その人物に正面から怒りをぶつけない。この三八年間の人生で、それが習い性となってしまった。

人にいろいろ言われてなぜ腹が立たないのか、心は波立たないのか、と時折り言われるのだが、私はもうそういう段階を過ぎてしまった。もちろん感覚がないわけではないから、人目に晒されて生きていれば穏やかなことばかりではない。そうした屈託はわずかなりとも心の中に溜《た》まっていく。ただ、私の心には無数の細かな孔《あな》が開いていて、そこに溜まった砂はさらさらと下に落ちていく。その孔からは常に、さらさら、さらさらと音がするように砂が零《こぼ》れ落ちていくのだ。

その代わり、私はちいさなことに対してとても涙もろくなっている。子どもに絵本を読んでいても、言葉に詰まったり、すぐ胸がいっぱいになってしまう。心を素直に感じるままに開いておくことこそ、新しい刺激を容《い》れるために古い感情を押しやる効果を持つのだった。孤独を身に着けたことで得られるものは多かった。

いつしか私は孤独をむしろ大事にし、求めるようになった。その結果、人にひたすら尽くすということはなくなった。母は、自分を犠牲にすることが愛情の証明だと思っているように見えた。けれども、そんな自己犠牲はいらないと私は思ったのだ。いつも扉を開けて誰かを待っている必要はない。私は休息所ではない。ここは私の部屋なのだから。

人生で何かを学ぶとき、人から傷つけられる必要もないし、人に絶望する必要もない。それでも、どんなに辛《つら》いことがあっても心を閉じないというのが私の生き方だった。なるべく多くのものを感じ取ろうとすることが私にとっての救いとなった。

私は自分を突き放し、他人のように眺めることがある。高ぶる感情のさなかにいるときであってもそうなってしまう。でも、その他者である自分を愛そうと思ったところから、私の人生には意味が生じたのだった。

周囲の人から孤立しても、ひどいことをされても、最愛の子を喪《うしな》っても、人生には必ず意味がある。さまざまな刺激に心を開いていれば、時が傷を癒《いや》したことに気付くことができる。それほど、人生にはいろいろなことが待ち受けているということだ。

私が好きな映画に『アバウト・タイム』がある。主人公は人生の意味を探り続けている。払う必要のなかった犠牲を回避し、あり得たかもしれないチャンスを手にするために、特殊な才能を駆使して時間を遡《さかのぼ》る。しかし、主人公が出す最終的な結論は「いま」こそが重要だということだ。情報をあらかじめ知ってさえいれば、より充実した人生を送ることができるというのは幻想でしかない。「いま・ここ」に生きる自分と他人に向き合えなければ、処世術や最適解などはたいして役に立たないからだ。愛するときには身もだえするほどに愛さなければ、その愛はあなたの人生に刻印を残すことさえできない。真摯《しんし》に向き合う一瞬一瞬の「いま」が積み重なって、川の流れのように私たちを終着点へと押しやる。映画の主人公と同じく、「いま」をどう生きるか私が真剣に考えるようになったのは、多分この年齢になってからだ。

けれども、そうしたことも分からず不安のままに生きてきた無茶苦茶な三〇代も二〇代も一〇代も、そして幸福なさなぎのようだった幼年期も決して無駄ではなかった。必ずあとからその収穫がもたらされる。経験を重ねれば重ねるほど、人びとは過去を振り返り、その意味を探ることに時間を割くようになるからだ。過去の意味を求めることは、その瞬間を生き直すことにつながる。そうやって、私の中に堆《たい》積《せき》する時間は厚みを増していく。私はこれからも、自分の過去に首まで浸《つ》かり、さらに過去を振り返り振り返り生きていくのだろう。

ちいさい頃、割烹着《かっぽうぎ》の母に後ろからしがみついていたおかっぱの私に、炬燵《こたつ》の中で目を閉じて身体《からだ》の震えを止めようとしていた私に、高層ホテルの窓縁《まどべり》に膝《ひざ》を抱えて座っていた私に、異臭を放ちはじめた娘の額に唇を触れることができず嗚《お》咽《えつ》していた私に、時を超えて届けたかったことを、私はこうして書いた。少なくとも、救えない子なんていないのだ、と私は思いたいし、大なり小なり誰だって傷を抱えて生きているのだ、とも思う。あなた自身を、出来事や外部に定義させてはいけない。あなたのことはあなた自身が定義すべきなのだから。

自分の体験をこうして公《おおやけ》に語るには、ほぼ四半世紀を要した。子どもを喪った体験を言語化しはじめたのも、七年経《た》ってからだった。そのきっかけは、自分にしか汲み取れない言葉がそこに眠っていることに気が付いたからだ。ちいさな物語かもしれない。けれど、それは私にしか残せないものだったから、私は私の愛する人たちのためにも、そして無数の私のためにも、書いておこうと思ったのだった。

解説　徹底した「自省」こそが「魂」の孤独を癒す道になる

茂木健一郎

ネットの上で、誰もが「評論家」になる時代。お互いに好きなことを言い合い、反応し合う「言論の自由」があることは、大いに結構なことである。

そんな中、特定の人たちが目立ち、時には批判を浴びていわゆる「炎上」をすることもある。三浦瑠麗さんは、その代表例だろう。SNSで三浦さんが話題になることは日常の光景。その影響力の大きさもあって、多くの人にとって「目が離せない」存在になっている。

私が三浦瑠麗さんと雑誌の座談会でお目にかかったのは世間で有名になるよりも前のこと。以来、一読者として、そして友人として、三浦さんのご活躍の様子を見てきた。大変そうだなあと思う時もあれば、視点がユニークで深いと感じることもある。さすがに強いという印象を持つことも、だいじょうぶかなと心配な日もある。

三浦瑠麗さんは、国際政治学者として活躍し、歴史や平和の問題、安全保障の課題

について の発言が注目されている。徴兵制の必要性について重厚な考察を著し、議論を呼ぶこともある。政治やメディアの重要な局面で舞台に立ち、中心的な役割を果たす。間違いなく、今日の日本の公共的言論空間における輝ける「スター」の一人だろう。

その三浦さんが、きわめて私的な領域について告白的な文章を書かれた。それが本書、『孤独の意味も、女であることの味わいも』である。書き下ろしのこの作品を読みながら、私は、次第に今とんでもないものを目にしているという気持ちになっていった。

ごめんね、と私はなぜか声に出して娘に言った。こんな生活でごめんね。娘はくうくうと喜んで私の頬をぴしゃぴしゃと叩《たた》いた。もう一度、ごめんね、と言うと、彼女はもっと声を出してはしゃいだ。ごめんね、ぴしゃ、ごめんね、ぴしゃ、ごめんね、ぴしゃ。帰り道、私は視界がぼやけるのを感じながら、手で拭《ぬぐ》うこともできずに歩いていたのだった。

このような文章を読んで伝わってくるのは、人間そのものである。テレビ番組で舌《ぜっ》鋒鋭《ぼう》く時事を論じ、ネットで「炎上」しつつも自説を唱える国際政治学者とは別の「三浦瑠麗」という人の感触である。とてもやわらかく、文学的な練度も高い本書を三浦さんが書く上で、それなりの「覚悟」のようなものがあったことは想像できる。そして、そのメッセージをどれくらい自分という存在の中心で受け止められるかということは、読者にとっての大切な課題となり、やがては「よろこび」にもなるのではないか。

三浦瑠麗さんが時代の寵児《ちょうじ》になったその経緯の中には、現代を生きる私たちの心の何らかの「真実」が投影されているのではないかと思う。三浦さんの表現活動を見ていると、そこには「公的」な視点と「私的」な感触が一体となって混淆《こんこう》しているように見える。キリリと鋭い分析と、吐息のようなパーソナルな感慨と。知性と感情が一体となった表出のいわく言い難いニュアンスが、共感する人もアンチな人も、幅広く惹《ひ》きつける三浦さんの「秘密」であるように思う。三浦瑠麗さんのそのような魂の運動の果実が、この『孤独の意味も、女であることの味わいも』の中にはふんだんにあふれている。メディアを通して彼女を知る人にとっては、それは意識的には「発見」であり、無意識的には「確認」となるだろう。

もともと、公的な領域と、私的な部分は、いつも交錯しているのだと思う。政治の傾向には、裏では生育歴を含めた個人の心理のあやが投影されることが多い。公的な、絶対的に見える価値だって、「私」と無縁ではない。苦しいときに自分を助けてくれない神さまなんていらないとかつて小林秀雄は言った。本書を書くにあたって、三浦瑠麗さんは、間違いなくこの文芸評論家の系譜につながっている。

公的な空間における要諦《ようてい》が、「身だしなみ」を整えることだったり、「体面を保つこと」であるとするならば、三浦さんのこの本はそのような所作から最も遠いところにある。だからこそ、人間が伝わる。

思い悩む夜にはよく、私はひとりで高層ホテルの窓縁《まどべり》に裸足《はだし》で膝《ひざ》を抱え込んで座った。相手が眠っているのを起こすのはかわいそうだったし、何もすることがなかった。窓からじっと道路を見下ろすと、ちいさく行き交う人や車が見える。このまま ガラスが消えたらどうなるのかな、と私は思った。

ここにあるのは、自分の内面、体験の意義を見つめ直そうとする、容赦ない正直さである。自分のみっともないところも、弱いところも、強いところも、優れたところも、ダメなところも、自分という鏡に映して描き尽くそうとしている。

清少納言が『枕草子』の第九十六段「職《しき》におはしますころ」の中で、月がきれいな夜にぼんやりとしていて、中宮定子にどうしたのかと聞かれて、「ただ秋の月の心を見侍《はべ》るなり」と答える箇所がある。アメリカの心理学者ウィリアム・ジェームズが言うところの「意識の流れ」がとらえられた素晴らしい文学的瞬間である。『孤独の意味も、女であることの味わいも』の中には、作者のふるえる心が生々しくとらえられた文章があちらこちらにあり、随筆（エッセイ）としての価値が高い。ジェンダーをめぐるさまざま問題が取《と》り沙汰《ざた》される現代の日本を生きる一人の女性の貴重な経験の記録でもある。いわゆる「イデオロギー」からは遠く離れていることで、人間そのものが描かれる。

三浦さんが自分を見つめる言葉は、年月を経て現場の生々しさを残しつつも、次第に浄化されていく。貝殻の模様が波にもまれて次第に古代の絵画のような印象を与えるように、三浦さんの言葉も読者にやさしく届く。描かれていることはときに凄《すさ》まじく、悲痛であるにもかかわらず（中にはショッキングな事実の開示もある）、言葉が読者の心にやさしい音楽のように響き続けるのは、それだけ、三浦さんが自省という「感情労働」を積み重ねてきたからだろう。

人生の時を積み重ねることから生まれる成熟。一方で、平穏を突き破りかねない魂の動き。ここには、表現者としての衝動だけでなく、そもそも三浦瑠麗という一人の人間の魂の根本運動が活写されている。女であること。孤独。人間関係の祝福と呪い。込められた熱量の大きさとまろやかに磨かれた言葉の手触り、バランスが秀逸だ。

大切なことは、このような私的な領域における三浦さんの感性、自己の内面を見つめる目の質が、公的な領域における三浦さんの発言と通底しているということだ。

夏目漱石は、『硝子戸《ガラスど》の中《うち》』で、「去年から欧洲では大きな戦争が始まっている」と第一次大戦に触れ、その上で「小さい私と広い世の中とを隔離しているこの硝子戸の中」のことを書く決意を綴った。

三浦さんもまた、本書で自分自身の「硝子戸の中」のことを書いている。女であることの困難やよろこび、孤独と人のぬくもりを綴る「三浦さん」と、歴史や平和、徴兵制のことを論ずる「三浦さん」は同じ「三浦さん」である。本書で見せたような容赦ない自己洞察と、その一方での感性の成熟は、気がついてみれば公的な空間における三浦さんの論の質に照り返されている。

ともすればイデオロギーが先行し、党派性が支配しやすいテーマにおいて、自分が本当のところどう感じているのか。そのありのままの「メタ認知」の中に、論者の人間性が顕《あらわ》れる。身体《からだ》がのせられる。そうであってこそ、言論に重みが生まれる。参照すべき「個」となる。

公的な言論を深めるためには、人は時に自己という井戸に降りていかなくてはならない。『孤独の意味も、女であることの味わいも』は、三浦瑠麗という人の、切れば血が出るような極私的なさまざまを描いて、かえって、公共空間における三浦さんの論の由来するところを照射している。

本書は出版された後、大きな反響を呼んだ。賞の候補にもなった。しかし、三浦さんの言論に対するネットの反応などを見ていると、この衝撃的かつ本質的な作品を、世間はまだ受容できていないようにも思える。

これは、現代の言論空間の致命的な欠点の一つと言えるだろう。エコーチェンバーや、フェイクニュース、キャンセルカルチャーといった言葉が飛び交う中で、人はなかなか人間を見ることができない。人間そのものにたどり着くことができない。

他者という人間の本質にたどり着けないことは、コミュニケーションにおける悲劇であり、喜劇だろう。自分という人間の核に向き合えないことは、人生を考えると本当にもったいない。いろいろな概念で頭をいっぱいにして、自分が生きているという実感に肉薄できないとしたら、そんなに虚《むな》しいことはないだろう。

私には、書き言葉に紡《つむ》ぐまでは決して母に明かせないことがあった。限りなく重い一文。本書を読んだ人には、ここで三浦瑠麗さんが一体何を言おうとしているのか、ありありとした精《くわ》しさで納得がいくはずだ。

文章には、時に、人生そのものを支え、転換させ、変容させる力がある。戦いの跡の荒野を、色とりどりの花が咲き乱れる沃野《よくや》に変える魔法がある。幼少期からたくさんの本を読んできた三浦さんは、言葉の持つ力を確信し、時に身体の重みを託してきたのだと思う。その鮮烈なる、ありったけのメッセージは、読者の中でゆっくりと何かを変えていくだろう。

この本、『孤独の意味も、女であることの味わいも』を、女であること、男であること、そして人間であることの困難に悩んでいるすべての人に読んでもらいたい。私秘の経験がかえって公共に通じるという奇跡。三浦瑠麗さんのこのすぐれた「告白文学」は国際政治学者としてのお仕事と無縁ではない。むしろ本質においてつながっている。困難が山積する現代社会でも、人と人はわかりあえる。徹底した「自省」こそが「魂」の孤独を癒やす道となるのだ。

（二〇二二年九月、脳科学者）

編集　赤井茂樹

この作品は二〇一九年五月新潮社より刊行された。

小林秀雄
岡　潔　著

人間の建設

酒の味から、本居宣長、アインシュタイン、ドストエフスキーまで。文系・理系を代表する天才二人が縦横無尽に語った奇跡の対話。

小林秀雄著

近代絵画

野間文芸賞受賞

モネ、セザンヌ、ゴッホ、ゴーガン、ルノアール、ドガ、ピカソ等、絵画に新時代をもたらした天才達の魂の軌跡を描く歴史的大著。

國分功一郎著

暇と退屈の倫理学

紀伊國屋じんぶん大賞受賞

暇とは何か。人間はなぜ退屈するのか。スピノザ、ハイデッガー、ニーチェら先人たちの教えを読み解きどう生きるべきかを思索する。

D・チェン著

未来をつくる言葉
―わかりあえなさをつなぐために―

新しいのに懐かしくて、心地よくて、なぜだか泣ける。気鋭の情報学者が未知なる土地を旅するように描き出した人類の未来とは。

橋本　治　著

「三島由紀夫」とはなにものだったのか

三島の内部に謎はない。謎は外部との接点にある――。諸作品の精緻な読み込みから明らかになる、〝天才作家〟への新たな視点。

村上春樹著

職業としての小説家

小説家とはどんな人間なのか……デビュー時の逸話や文学賞の話、長編小説の書き方まで村上春樹が自らを語り尽くした稀有な一冊！

吉村昭著

わたしの普段着

人と触れあい、旅に遊び、平穏な日々の愉しみを衒いなく綴る――。静かなる気骨の人、吉村昭の穏やかな声が聞こえるエッセイ集。

石原慎太郎著

わが人生の時の時

海中深くで訪れる窒素酔い、ひとだまを掴まえた男、身をかすめた落雷の閃光、弟の臨終の一瞬。凄絶な瞬間を描く珠玉の掌編40編。

安部公房著

他人の顔

ケロイド瘢痕を隠し、妻の愛を取り戻すために他人の顔をプラスチックの仮面に仕立てた男。――人間存在の不安を追究した異色長編。

遠藤周作著

人生の踏絵

もっと、人生を強く抱きしめなさい――。不朽の名作『沈黙』創作秘話をはじめ、文学と宗教、人生の奥深さを縦横に語った名講演録。

大江健三郎著
聞き手・構成 尾崎真理子

大江健三郎 作家自身を語る

鮮烈なデビュー、障害をもつ息子との共生、震災と原発事故。ノーベル賞作家が自らの文学と人生を語り尽くす、対話による「自伝」。

北杜夫著

夜と霧の隅で

芥川賞受賞

ナチスの指令に抵抗して、患者を救うために苦悩する精神科医たちを描き、極限状況下の人間の不安を捉えた表題作など初期作品5編。

新潮文庫最新刊

石田衣良著
清く貧しく美しく
30歳・ネット通販の巨大倉庫で働く堅志と28歳・スーパーのパート勤務の日菜子。非正規カップルの不器用だけどやさしい恋の行方は。

山本文緒著
自転しながら公転する
中央公論文芸賞・島清恋愛文学賞受賞
恋愛、仕事、家族のこと。全部がんばるなんて私には無理！ ぐるぐる思い悩む都がたどり着いた答えは――。共感度100％の傑作長編。

瀬名秀明著
ポロック生命体
人工知能が傑作絵画を描いたらどうなるか？最先端の科学知識を背景に、生命と知性の根源を問い、近未来を幻視する特異な短編集。

望月諒子著
殺人者
相次ぐ猟奇殺人。警察に先んじ「謎の女」へと迫る木部美智子を待っていたのは!? 承認欲求、毒親など心の闇を描く傑作ミステリー。

遠田潤子著
銀花の蔵
私がこの醬油蔵を継ぐ――過酷な宿命に悩みながら家業に身を捧げ、自らの家族を築こうとする銀花。直木賞候補となった感動作。

伊藤比呂美著
道行きや
熊日文学賞受賞
夫を看取り、二十数年ぶりに帰国。〝老婆の浦島〟は、熊本で犬と自然を謳歌し、早稲田で若者と対話する――果てのない人生の旅路。

新潮文庫最新刊

コンラッド
高見 浩 訳
闇の奥
船乗りマーロウはアフリカ大陸の最奥で不気味な男と邂逅する。大自然の魔と植民地主義の闇を凝視し後世に多大な影響を与えた傑作。

カポーティ
小川高義 訳
ここから世界が始まる
―トルーマン・カポーティ初期短篇集―
社会の外縁に住まう者に共感し、仄暗い祝祭性を取り出した14篇。天才の名をほしいままにしたその手腕の原点を堪能する選集。

C・R・ハワード
高山祥子 訳
56日間
パンデミックのなか出会う男女。二人きりの愛の日々にはある秘密が暗い翳を投げかけていた。いま読むべき奇跡のサスペンス小説！

P・オースター
柴田元幸 訳
写字室の旅／闇の中の男
私の記憶は誰の記憶なのだろうか。闇の中から現れる物語が伝える真実。円熟の極みの中編二作を合本し、新たな物語が起動する。

P・ベンジャミン
田口俊樹 訳
スクイズ・プレー
探偵マックスに調査を依頼したのは脅迫された元大リーガー。オースターが別名義で発表したデビュー作にして私立探偵小説の名篇。

D・E・ウェストレイク
木村二郎 訳
ギャンブラーが多すぎる
ギャンブル好きのタクシー運転手が殺人の容疑者に。ギャングにまで追われながら美女とともに奔走する犯人探し――巨匠幻の逸品。

孤独《こどく》の意味《いみ》も、女《おんな》であることの味《あじ》わいも

新潮文庫　み－71－1

令和四年十一月一日発行

著者　三《み》浦《うら》瑠《る》麗《り》

発行者　佐藤隆信

発行所　株式会社　新潮社

郵便番号　一六二―八七一一
東京都新宿区矢来町七一
電話　編集部(〇三)三二六六―五四四〇
　　　読者係(〇三)三二六六―五一一一
https://www.shinchosha.co.jp

組版／新潮社デジタル編集支援室

価格はカバーに表示してあります。

乱丁・落丁本は、ご面倒ですが小社読者係宛ご送付ください。送料小社負担にてお取替えいたします。

印刷・錦明印刷株式会社　製本・錦明印刷株式会社

ISBN978-4-10-104371-5 C0195